CHANGER : MÉTHODE

DU MÊME AUTEUR

Pierre Bourdieu : l'insoumission en héritage
(sous la direction d'Édouard Louis)
PUF, 2013 et 2016

En finir avec Eddy Bellegueule
Seuil, 2014
et « Points », n° P4092

Histoire de la violence
Seuil, 2016
et « Points », n° P4466

Qui a tué mon père
Seuil, 2018
et « Points », n° P5046

Au cœur de la violence
(avec Thomas Ostermeier)
Seuil, 2019
et « Points », n° P5296

Combats et métamorphoses d'une femme
Seuil, 2021
et « Points », n° P5525

Dialogue sur l'art et la politique
(avec Ken Loach)
PUF, 2021

Édouard Louis

CHANGER : MÉTHODE

Éditions du Seuil

Ce livre a été écrit en grande partie dans le cadre
d'une résidence d'écriture à l'Institute for Ideas and Imagination
de l'Université Columbia, à Paris.

ISBN 978-2-7578-9654-9

Pour Giovanni S.

« Je ne suis plus rien, qu'un prétexte. »

Jean GENET,

Journal du voleur

Deux prologues

Il est minuit trente-trois et je commence à écrire depuis cette chambre sombre et silencieuse. Dehors à travers la fenêtre ouverte j'entends des voix dans la nuit et les sirènes de police, au loin.

J'ai vingt-six ans et quelques mois, la plupart des gens diraient que ma vie est devant moi, que rien n'a commencé encore et pourtant je vis depuis longtemps déjà avec l'impression d'avoir trop vécu ; j'imagine que c'est à cause de ça que le besoin d'écrire est si profond, comme une manière de fixer le passé dans l'écrit, et par là, je suppose, de s'en débarrasser ; ou peut-être, au contraire, que le passé est tellement ancré en moi maintenant qu'il m'impose de parler de lui, à tous les instants, à chaque occasion, qu'il a gagné sur moi et qu'en croyant m'en débarrasser je ne fais que renforcer son existence et son empire sur ma vie, peut-être que je suis pris au piège – je ne sais pas.

J'avais vingt et un ans et il était déjà trop tard, j'avais déjà trop vécu – j'avais connu la misère, la pauvreté dans mon enfance, les scènes répétées de ma mère qui me demandait d'aller frapper à la porte des voisins ou de ma tante, la voix implorante, pour qu'ils nous donnent un paquet de pâtes et un pot de sauce tomate, parce qu'elle n'avait plus d'argent et qu'elle savait qu'un enfant susciterait plus facilement la pitié qu'un adulte.

J'avais connu la violence, mon cousin mort en prison à trente ans, mon grand frère malade de son alcoolisme dès l'adolescence, qui se réveillait ivre le matin avant d'avoir bu tellement l'alcool imprégnait son corps, ma mère qui le niait de toutes ses forces pour protéger son fils, qui nous jurait chaque fois qu'il buvait que c'était la dernière fois, qu'après ça il ne boirait plus jamais. Les bagarres au café du village, le racisme obsessionnel des communautés rurales et isolées, présent sous chaque mot ou presque, chaque phrase, *C'est plus la France chez nous c'est l'Afrique, on ne voit plus que des étrangers partout* ; la peur constante de ne pas *tenir jusqu'à la fin du mois*, de ne pas pouvoir s'acheter du bois pour chauffer la maison ou de ne pas pouvoir remplacer les chaussures déchirées des enfants, les phrases de ma mère, *Je veux pas que mes gosses ils se tapent la honte à l'école*, et mon père ; mon père malade d'une vie de travail à l'usine, à la chaîne, puis dans les rues à balayer les ordures des autres, mon grand-père malade de la même vie, malade du fait que sa vie était la reproduction quasi exacte de la vie de son arrière-grand-père, de son grand-père, de son père et de son fils : privation, précarité, arrêt de l'école à quatorze ou quinze ans, vie à l'usine, maladie. Quand j'avais six ou sept ans je regardais ces hommes autour de moi et je pensais que leur vie serait la mienne, qu'un jour j'irais à l'usine comme eux et que l'usine me ferait ployer le dos à moi aussi.

J'avais fui ce destin et j'avais été vendeur dans une boulangerie, gardien d'immeuble, libraire, serveur, arracheur de tickets dans différents théâtres, secrétaire, professeur particulier, prostitué, moniteur dans des colonies de vacances, cobaye pour des expériences médicales. J'avais par miracle étudié dans une école considérée comme l'une des plus prestigieuses d'Europe d'où j'étais sorti diplômé en philosophie et en sociologie alors que personne n'avait fait d'études dans ma famille. Je lisais Platon, Kant, Derrida, Beauvoir. J'avais connu, après les classes les plus pauvres du nord de la France, la petite bourgeoisie de province, son aigreur, puis, un peu plus tard, le monde intellectuel parisien, la grande bourgeoisie française et internationale. J'avais fréquenté les personnes les plus riches du monde. J'avais fait l'amour avec des hommes qui possédaient dans leur salon des œuvres de Picasso, de Monet, de Soulages, qui ne voyageaient que par avion privé et qui passaient leur temps dans des hôtels où une nuit, une seule nuit coûtait ce que toute ma famille gagnait quand j'étais enfant en un an de travail, pour une famille de sept personnes.

J'avais été proche – physiquement au moins – de l'aristocratie, dîné chez des ducs et des princesses, mangé du caviar et bu plusieurs fois par semaine des champagnes rares avec eux, passé mes vacances dans de grandes maisons en Suisse chez le maire de Genève qui était devenu mon ami. J'avais connu la vie des dealers de drogue, aimé un homme qui réparait les voies ferrées et un autre qui avait, à plus de trente ans à peine, passé un tiers de sa vie en prison, dormi dans les bras d'un autre encore dans une cité réputée comme l'une des plus dangereuses de France.

À un peu plus de vingt ans j'avais changé de nom devant un tribunal, changé de prénom, transformé mon visage, redessiné la structure de mon implantation capillaire, subi plusieurs opérations, réinventé ma manière de bouger, de marcher, de parler, fait disparaître l'accent du Nord de mon enfance. J'avais fui à

Barcelone pour recommencer ma vie là-bas avec un aristocrate déchu, j'avais tenté de partir en Inde et de tout abandonner, j'avais vécu dans un minuscule studio à Paris, possédé un grand appartement dans l'un des quartiers les plus riches de New York, marché seul pendant des semaines à travers les États-Unis, dans des villes moyennes inconnues et fantomatiques pour tenter de me défaire de ce qu'était devenue ma vie. Quand je retournais voir mon père ou ma mère on ne savait plus quoi se dire, on ne parlait plus le même langage, tout ce que j'avais vécu en si peu de temps, tout ce que j'avais traversé, tout nous séparait.

J'avais écrit et publié des livres avant de fêter mes vingt-cinq ans, j'avais voyagé dans le monde entier pour les présenter, au Japon, au Chili, au Kosovo, en Malaisie et à Singapour. Je donnais des conférences à Harvard, Berkeley, la Sorbonne, j'avais d'abord été impressionné par cette vie puis blasé et dégoûté.

J'avais échappé de peu à la mort, j'avais vécu la mort, éprouvé sa réalité, j'avais perdu l'usage de mon corps pendant des semaines.

J'avais voulu fuir mon enfance plus que tout, voulu échapper au ciel gris du Nord et à la vie condamnée de mes amis d'enfance, privés de tout par la société, avec comme seule perspective de bonheur les soirées plusieurs fois par semaine dans l'arrêt de bus du village, à boire des bières et du pastis dans des gobelets en plastique pour oublier, oublier la réalité. J'avais rêvé d'être reconnu dans la rue, rêvé d'être invisible, rêvé de disparaître, rêvé de me réveiller un matin et d'être une fille, rêvé d'être riche, rêvé de tout recommencer.

Parfois j'aurais voulu m'allonger dans un coin, à l'écart de tout, creuser un trou, m'y terrer et ne plus jamais parler, ne plus jamais bouger, sur le modèle de ce que Nietzsche appelle le fatalisme russe, c'est-à-dire de ces soldats qui, épuisés de s'être battus trop longtemps, anéantis par la fatigue des combats, par leurs corps douloureux, lourds, s'allongent sur le sol, quelque part loin des autres, dans la neige, et attendent que la mort vienne à eux.

C'est cette histoire-là – cette odyssée – que je voudrais, ici, essayer de raconter.

Je monte les escaliers deux par deux. Je ne sais plus à quoi je pensais dans cette cage d'escalier, j'imagine que je comptais les marches pour ne pas penser à autre chose.

Je suis arrivé devant la porte, j'ai repris mon souffle et j'ai sonné. L'homme s'est approché de l'autre côté de la paroi du mur, je l'entendais, je percevais le bruit de ses pas sur le parquet.

Je lui avais parlé pour la première fois sur un site internet à peine deux heures avant. C'était lui qui m'avait contacté. Il m'avait dit qu'il aimait les garçons comme moi, jeunes, maigres, blonds, les yeux bleus – il avait précisé : type aryen. Il m'avait demandé de m'habiller comme un étudiant et je l'avais fait, du moins l'idée qu'il se faisait d'un étudiant, je portais un pull à capuche trop grand emprunté à Geoffroy et des baskets bleu ciel, celles que je préférais, je m'étais plié à son désir parce que j'espérais qu'il me donnerait plus d'argent que ce qu'il avait déjà promis, pour me récompenser de mes efforts.

J'attendais.

Il a fini par ouvrir la porte et en voyant son corps j'avais dû contracter les muscles de mon visage pour ne pas faire de grimace – il ne ressemblait pas aux photos qu'il m'avait envoyées, son corps était flasque, lourd, je ne sais pas comment dire, comme s'il tombait ou plutôt comme s'il s'écoulait vers le sol.

Il souffrait de s'être seulement déplacé jusqu'à la porte, je voyais la fatigue, l'essoufflement, la transpiration sous forme de dizaines de petites gouttes, minuscules, qui brillaient sur son front ; j'essayais de le regarder le moins possible, je voulais éviter de voir les détails de son visage, je pensais Dans moins d'une heure tu seras loin d'ici avec l'argent. Son odeur arrivait jusqu'à moi, une odeur synthétique de vanille, de lait tourné. Je me concentrais sur cette phrase, Dans moins d'une heure, l'argent, quand soudain j'ai entendu des voix derrière lui, dans l'appartement. C'étaient des voix d'hommes, il y en avait plusieurs, peut-être trois ou quatre ; je lui ai demandé qui ils étaient ; il a souri et il m'a dit : C'est rien. Tu peux faire comme s'ils étaient pas là, ils ont l'habitude, je fais souvent venir des putes, t'es pas le premier. On marche vers ma chambre et tu les ignores.

Je pensais : je ne veux pas que d'autres voient mon visage – la honte commençait à monter en moi, dans mon corps depuis l'extrémité de mes doigts jusqu'à ma nuque, comme un fluide tiède, paralysant, je reconnaissais sa brûlure. Je l'ai menacé en lui disant que j'allais rentrer chez moi. Je pensais que ma phrase le blesserait ou l'irriterait mais il n'a pas essayé de me retenir, il m'a proposé, calmement, de me donner cinquante euros pour le déplacement si je voulais faire demi-tour et rentrer chez moi, et je le détestais de ne pas s'énerver. Il me fallait plus que cinquante euros. J'ai dit D'accord, on va directement dans ta chambre, ils ne me regardent pas, je mets ma capuche.

Il m'a juré que ses amis n'allaient pas essayer de voir mon visage, Ils s'en foutent, il commençait déjà à se tourner, je voyais sa nuque blanche et grasse, Pense à l'argent, pense à l'argent.

J'ai traversé le salon avec lui. Il marchait devant moi. Je baissais la tête, la capuche cachait mon visage. Dans la chambre il s'est assis sur le bord de son lit, le contact de son corps lourd avec le matelas a produit un bruit sec et aigu.

Le matelas criait à ma place.

J'étais debout, face à son corps, je n'osais pas bouger, il me regardait Putain t'es excitant avec ta petite gueule de nazi. Je n'ai rien dit, je savais que mon silence lui plairait, que c'était ça qu'il voulait et que c'était pour ça qu'il me payait, pour ma dureté, ma froideur. Je jouais un rôle. Il m'a demandé de me déshabiller, il disait : le plus lentement possible, et je l'ai fait.

Maintenant j'étais nu devant lui, j'attendais. Il a seulement dit : Je voudrais que tu me baises comme une salope. Il s'est redressé, il a baissé son pantalon jusqu'au niveau de ses genoux, sans l'enlever complètement, et il a tourné le dos pour se mettre à quatre pattes sur son lit – ses fesses devant moi trop blanches et trop rouges, décharnées, molles, couvertes de petits poils bruns – il répétait, Vas-y, baise-moi, baise-moi comme si j'étais ta petite salope. J'ai frotté mon sexe contre son corps mais il ne se passait rien, mon sexe restait inerte, j'échouais, je n'arrivais pas à penser à autre chose, m'imaginer dans une autre situation, la réalité de son corps s'imposait à moi, comme si la réalité de son corps était si brutale, si totale qu'elle rendait impossible toute tentative de l'imagination. Il m'a demandé Alors t'y arrives pas et pour gagner du temps j'ai répondu Ferme ta gueule. J'ai senti sous mes doigts son corps frissonner de cette phrase, il l'aimait.

J'ai essayé encore, je me frottais à lui, sur lui, désespérément, je m'acharnais à imaginer un autre corps à la place de son corps, à imaginer un autre corps sous mon corps, ou plutôt sur mon corps car je savais que c'était cette configuration-là qui réveillait mon désir habituellement, je me concentrais, mais le contact avec sa peau sèche et froide me retenait à la vérité, à sa présence. Il commençait à soupirer pour me montrer son impatience. J'ai répété, Je t'ai dit de fermer ta gueule et de pas bouger, mais je savais que ça ne marcherait pas aussi bien la deuxième fois. Il voulait autre chose. Je me suis frotté encore plus fort contre lui mais je savais que j'avais déjà perdu, c'était perdu d'avance, je crois aujourd'hui que je l'avais compris au moment où j'étais entré dans sa chambre.

Je pensais à l'argent qu'il me fallait, à la honte le lendemain si j'avais dû dire au dentiste que je ne pouvais pas le payer, mon regard dans son regard et ces quelques phrases qu'il devait connaître par cœur, Est-ce que je peux vous payer la prochaine fois, je suis désolé, je n'ai pas pris mon portefeuille avec moi, je l'ai oublié, lui qui aurait su que je mentais et moi qui aurais su qu'il le savait, et ma honte provoquée par ce jeu de miroirs infini – c'était aussi simple, aussi banal que ça, et c'était pour cette raison-là que j'étais chez cet homme, nu contre lui.

Lui était toujours dans la même position, immobile, à quatre pattes. J'ai reculé légèrement, j'ai contourné le lit et je suis arrivé devant son visage. Il avait les traits tirés, le visage exténué d'attendre, suppliant. Je lui ai dit Suce, et il a pris mon sexe qui restait mou à l'intérieur de sa bouche. J'ai fermé les yeux. Je ne sais pas comment j'ai pu réussir mais après une vingtaine de minutes debout face à lui mon sexe s'est contracté et j'ai joui, j'ai enlevé le sexe de sa bouche pour recouvrir son visage, j'ai baissé la tête et j'ai vu le liquide blanc et épais sur son front, ses joues, ses paupières.

Mon souffle tremblait.

Je me suis rhabillé. Je pensais : C'est presque terminé. Presque terminé. Il a attrapé une serviette posée sur la table de nuit à côté de son lit qu'il avait probablement dû mettre là en sachant que je viendrais, il s'est essuyé le visage et il a marché vers une petite commode. Il en a sorti une liasse de billets et il est revenu vers moi.

Il m'a donné cent euros ; je n'ai pas bougé. Il savait exactement ce que j'attendais et pourquoi je ne bougeais pas mais il faisait semblant de ne pas comprendre. Il jouait avec moi, il était conscient du fait que je comprenais ce qui était en train de se passer, que je savais qu'il jouait mais que j'avais trop peur pour dire quelque chose. Enfin il a dit Tu as fait les choses à moitié seulement donc je te paye à moitié seulement. Tu aurais dû me baiser, tu l'as pas fait. Une pute qui baise pas c'est pas une pute. Estime-toi heureux que je te donne cent. Il ne l'avait pas dit avec une voix agressive, mais au contraire sur le ton du constat, comme on récite une règle administrative ou les termes d'un contrat. Je le voyais, j'avais appris à identifier le niveau de richesse d'une personne en un seul regard, je ne me trompais jamais, je savais qu'il était riche et que cent euros de plus n'auraient rien changé pour lui, que cent euros de moins n'auraient eu aucun impact sur sa vie. Mon cœur tapait dans ma poitrine (ce n'était pas mon cœur qui battait mais tout mon corps). J'ai commencé à décrire la situation à cet homme en face de moi, je ne connaissais même pas son nom mais je lui disais tout, la honte, le dentiste. Il a répondu que ce n'était pas son problème, Quand on fait les choses à moitié on n'a que la moitié de ce qu'on mérite. Dans la vie il faut savoir ce qu'on veut. Tu es jeune tu as le temps de l'apprendre.

C'est après cette phrase que j'ai décidé d'abandonner. Il y avait le risque que ses amis dans la pièce d'à côté finissent par s'inquiéter et qu'ils entrent dans la chambre pour voir si tout allait bien, il ne fallait pas qu'ils voient mon visage, Il ne faut pas qu'ils voient ton visage, Il ne faut pas que d'autres voient ton visage.

J'ai pris l'argent, je suis sorti, j'ai traversé Paris plongée dans la nuit et je suis rentré chez moi. Dehors les trottoirs brillaient à cause de la pluie, ils reflétaient la ville, comme une deuxième ville projetée sur le sol. Je marchais. Je ne pensais pas que je le détestais. Je ne pensais rien.

Quand j'ai franchi le seuil de mon appartement, je me suis assis au bord du lit et j'ai pleuré. Même quand je pleurais je ne pensais rien. Je ne connaissais plus mon nom. Je ne pleurais pas pour ce qui venait de se passer, qui n'était pas si grave, qui n'était qu'un moment désagréable comme on peut en vivre dans n'importe quelle situation ; plutôt ce qui venait de se passer m'autorisait à pleurer pour toutes les fois de ma vie où je ne l'avais pas fait, toutes les fois où je m'étais retenu. Il est possible que cette nuit-là, dans cette chambre j'ai laissé mes yeux pleurer vingt ans de larmes impleurées.

J'ai marché jusqu'à la douche. Je n'ai pas enlevé mes vêtements. J'ai fait couler l'eau tiède et je l'ai sentie descendre sur moi, de mon crâne jusqu'à mes chevilles. J'ai renversé la tête en arrière, j'ai tendu la gorge et j'ai ouvert la bouche, comme si j'allais pousser un cri, un long et beau cri mais je ne l'ai pas fait. L'eau imprégnait mes vêtements, mon tee-shirt blanc prenait la couleur de ma peau, mon pantalon imbibé d'eau était plus foncé et plus lourd.

Je suis resté longtemps sous cette douche, à regarder l'eau qui coulait sur moi. Quand je suis sorti le matin venait. C'est, il me semble, à ce moment que je me suis demandé si je pourrais un jour écrire une scène comme celle-là, une scène aussi lointaine de l'enfant que j'ai été et de son monde, non pas une scène tragique ou pathétique mais avant tout radicalement étrangère à cet enfant, et là que je me suis promis de le faire un jour, de raconter tout ce qui m'avait mené jusqu'à cette scène et tout ce qui a eu lieu ensuite, comme une tentative de remonter dans le temps.

I

Elena

(explications fictives avec mon père)

Est-ce que je dois te raconter le début de l'histoire encore une fois ? J'ai grandi dans un monde qui rejetait tout ce que j'étais, et je le vivais comme une injustice parce que – c'est ce que je me répétais, des centaines de fois par jour, jusqu'à la nausée –, je le vivais comme une injustice parce que je n'avais pas choisi ce que j'étais.

Je l'ai déjà raconté mais je dois tout reprendre dans l'ordre, je me suis promis de le faire, dès les premières années de ma vie le problème a été diagnostiqué : quand j'ai commencé à m'exprimer, à apprendre le langage, à me mouvoir dans le monde, j'ai entendu les interrogations autour de moi se multiplier, Pourquoi il parle comme ça Eddy, comme une fille, alors que c'est un garçon ? Pourquoi il marche comme une fille ? Pourquoi il tord ses mains quand il s'exprime ? Pourquoi il regarde les autres garçons comme ça ? Est-ce qu'il serait pas un peu pédé sur les bords ?

Je n'avais pas choisi de marcher comme je le faisais, de parler comme je le faisais, je ne comprenais pas pourquoi j'avais ces manières – c'est ce que disaient les gens du village, Les manières d'Eddy, Eddy il parle avec des manières –, je ne comprenais pas pourquoi ces manières s'étaient imposées à moi, à mon corps. Je ne sais pas pourquoi c'était vers le corps des autres garçons que j'étais attiré et pas celui des filles comme on l'aurait attendu de moi. J'étais prisonnier de moi-même. La nuit je rêvais de changer, de devenir quelqu'un d'autre, et c'est peut-être dans ces premières années de ma vie que l'idée du changement est devenue aussi centrale pour moi.

Tu as été un des premiers à t'inquiéter. Le soir, quand tu allais te coucher dans la chambre avec ma mère, je t'entendais lui parler – il n'y avait pas de porte entre les chambres, acheter des portes aurait coûté trop cher pour nous et tu avais divisé les chambres avec des rideaux trouvés à la brocante du village. Je sentais l'odeur des cigarettes que tu fumais l'une après l'autre dans ton lit, la fumée arrivait jusqu'à moi et surtout j'entendais ta voix qui voyageait à l'intérieur de l'obscurité, Pourquoi il parle comme ça Eddy ? On l'a quand même pas élevé comme un pédé, je comprends pas. Il peut pas se comporter un peu normalement ?

Pédé. J'ai compris à cinq ou six ans que ce mot allait me définir et qu'il allait m'accompagner pour le reste de mon existence.

Ce que tu ne sais pas, parce que je te le cachais, c'est que ce mot me suivait partout, pas seulement à la maison mais aussi dans les rues du village, au collège, partout, que tu n'étais pas seul à t'inquiéter.

(Ou est-ce que tu l'avais compris, et que tu ne le disais pas pour te protéger de la vérité ?)

Ce que tu ne sais pas non plus, c'est que l'insulte me rendait insupportable tout le reste, la pauvreté, notre mode de vie, le racisme permanent du village, comme si l'exclusion me forçait à inventer mon propre système de valeurs – un système dans lequel j'aurais eu ma place.

Quand ma mère le soir nous disait qu'il n'y avait plus rien à manger, faute d'argent, la faim était encore plus dure à cause de l'Insulte. Quand il n'y avait plus assez de bois pour chauffer la maison, je souffrais plus violemment du froid que les autres à cause de l'Insulte. Quand j'entendais les femmes sur la place de la mairie ou à la boulangerie s'exclamer Il y a trop d'étrangers en France, on ne voit plus que des Noirs partout, je les méprisais et je me sentais spontanément du côté de ceux qu'elles voulaient opprimer et détruire.

Je ne sais pas comment il est possible d'avoir des pensées aussi précises et d'une certaine manière, aussi adultes et aussi anachroniques dans l'enfance mais, je me souviens, je voulais partir du village et devenir riche, puissant et célèbre parce que je pensais que ce pouvoir que j'aurais acquis par la richesse ou par la célébrité aurait pu être une revanche contre toi et contre le monde qui m'avait rejeté. J'aurais pu regarder tous ceux que j'avais connus dans la première partie de ma vie, toi et tous les autres, et vous dire, Regardez où je suis maintenant. Vous m'avez insulté mais aujourd'hui je suis plus puissant que vous, vous vous êtes trompé en me traitant de faible et en me méprisant et maintenant vous allez souffrir de vos erreurs. Vous allez souffrir de ne pas m'avoir aimé.

Je voulais réussir par vengeance[1].

1. ce mot, *réussir*, me paraît stupide mais pas à ce moment-là, c'est lui qui me donnait la force de fuir

Au fond, qu'est-ce que tu savais ? Qu'est-ce que tu ignorais, qu'est-ce que tu avais choisi d'ignorer ? Est-ce que tu devinais ma vie ? Est-ce que tu t'interrogeais ?

Je ne t'ai jamais dit qu'à l'école, quand en classe de sport les élèves devaient constituer des équipes, le plus souvent pour jouer au football ou au handball, je n'étais jamais choisi, aucune équipe ne voulait de moi. (Je ne suis pas triste en te le racontant aujourd'hui, je ne veux pas t'apitoyer, je veux que tu saches c'est tout – *remonter le temps*.)

C'est une des scènes les plus banales et les plus attendues de la souffrance d'un enfant, n'importe qui a l'impression d'avoir vu ou entendu cette scène des milliers de fois dans la littérature ou au cinéma et pourtant c'était une des scènes qui me blessaient le plus.

La scène était toujours la même : deux personnes étaient choisies pour constituer deux équipes qui allaient devoir s'affronter. Le gymnase sentait le plastique, le revêtement brillant sur le sol dégageait une odeur violente et écœurante qui se mêlait à celle de la transpiration. Les deux élèves qui avaient été désignés pour former les deux équipes, presque toujours deux garçons, devaient dire un nom, chacun leur tour, et quand le nom d'une personne était prononcé cette personne allait se ranger derrière celui qui l'avait appelé.

Le groupe de ceux qui n'avaient pas été choisis rétrécissait, les corps autour de moi disparaissaient. À la fin, quand il ne restait plus que moi, que mon nom était le seul nom imprononcé, un des deux chefs d'équipe haussait les épaules et soufflait : « Bon bah Eddy alors », et je sentais la déception des autres de m'avoir avec eux, dans leur équipe, tous les regards sur moi.

Je ne souffrais pas de ne pas être choisi mais d'être vu par les autres comme celui qui n'était pas choisi. Souvent quand je rejoignais le groupe qui avait été forcé de me prendre, quelqu'un chuchotait « on a une pédale dans l'équipe on est mort on va perdre ». L'adulte qui nous surveillait faisait comme s'il n'avait pas entendu.

La même scène s'est répétée, exactement identique, sans presque aucune variation, plusieurs dizaines de fois pendant toute mon enfance.

Le même ton, la même voix, la même déception en disant mon nom.

Je ne t'ai pas dit non plus pourquoi j'avais refusé d'aller au ski avec le collège. C'était un voyage que le collège organisait tous les ans pour les élèves de cinquième, une semaine au ski pour une somme dérisoire, à peine cinquante euros, et même ces cinquante euros pouvaient être pris en charge par les aides sociales. Presque aucune famille dans la région n'avait les moyens de s'offrir un voyage au ski, pour la plupart d'entre eux c'était la seule fois de leur vie qu'ils partiraient en vacances, la seule occasion de quitter quelques jours le froid humide du nord de la France.

Moi, je t'avais dit que je ne voulais pas y aller. Tu as insisté. J'ai dit non encore, je me suis accroché à mon refus. Personne ne comprenait. Je mentais, je disais que je n'avais pas envie et que le ski ne m'intéressait pas et toi tu t'énervais, tu disais que je ne savais pas, je ne pouvais pas dire que je n'aimais pas ça puisque je n'en avais jamais fait.

Je ne t'ai pas dit que c'est parce que je savais qu'au ski les dortoirs étaient collectifs, que je dormirais plusieurs jours de suite dans la même chambre que d'autres garçons du collège, et que ces garçons étaient ceux qui me traitaient de pédé dans la cour de l'école, ceux qui me mettaient des gifles en passant dans le couloir, entre deux cours, pour rien, juste pour le plaisir, ceux qui glissaient des mots dans mon cartable, « Crève pédale », que c'étaient ceux qui soufflaient de déception quand ils devaient me prendre dans leur équipe de sport.

Je ne t'ai jamais dit que je ne voulais pas aller au ski parce que j'avais peur. Parce que ces garçons me faisaient peur. Je ne t'ai pas dit que bien sûr, comme n'importe quel enfant je rêvais de voir la neige et la montagne.

Ce que je ne savais pas encore, c'est que les insultes et la peur allaient me sauver de toi, du village, de la reproduction à l'identique de ta vie. Je ne savais pas encore que l'humiliation allait me contraindre à être libre.

La maison de l'enfance

Ça non plus je ne l'ai pas dit, ni à toi ni à qui que ce soit d'autre : quand j'ai compris que la seule option était de fuir, j'ai cherché toutes les issues possibles[1]. Plus une journée ne passait sans que je ne pense, Je dois partir, je dois partir – cette phrase était devenue une partie de moi.

Une de mes premières vraies tentatives de fuite a eu lieu le jour où un acteur de la télévision a été invité à présenter un spectacle dans le village – est-ce que tu t'en souviens ?

Ça n'arrivait jamais, personne ne se déplaçait jusqu'à chez nous, dans cette région grise et froide, à des dizaines de kilomètres de la ville la plus proche. Quand j'ai vu l'affiche qui annonçait sa venue j'ai pris une feuille de papier et j'ai écrit dessus Je m'appelle Eddy Bellegueule, je veux devenir acteur, je veux partir de ce village, je ferai tout ce que vous voudrez, contactez-moi. Je me suis relu et j'ai ajouté mon numéro de téléphone

1. dans mon premier livre j'ai raconté comment j'avais tout fait pour ne pas fuir, pour ne pas être différent. Les deux histoires sont vraies, simplement elles racontent les deux faces d'un même phénomène, d'une même vie

en bas à droite de ma lettre. J'avais douze ans. Toute la journée, j'ai attendu sur le parking de la salle des fêtes, à côté de l'ancienne usine de métaux, où je savais que l'acteur arriverait et où sa voiture serait garée, quelqu'un me l'avait dit.

J'ai attendu pendant des heures assis sur les graviers, le soleil sur mes avant-bras, la poussière sèche et blanche des graviers entre mes doigts. La voiture est apparue, enfin ; je me suis redressé et j'ai regardé les gens qui en descendaient, l'acteur et deux ou trois autres personnes, sans doute des assistants ; ils avaient les corps d'une autre vie, privilégiée, confortable. Je les ai laissés s'éloigner et puis je me suis avancé et j'ai mis ma petite lettre sur le pare-brise de la voiture, bloquée entre la vitre et les essuie-glaces. Je suis rentré à la maison, je suis passé devant toi sans rien dire, je me suis allongé sur mon lit et j'ai espéré pendant plusieurs semaines une réponse qui n'est jamais arrivée.

Il y a eu d'autres tentatives, d'autres essais pour m'arracher à cette enfance détestée, mais c'est par le collège que la libération est venue, ce petit bâtiment de briques rouges et de tôles d'acier où tu étais allé avant moi, le collège des Cygnes, qui accueillait tous les enfants des familles de la région (pas tous, les plus riches allaient dans des collèges privés, à la ville).

Au collège j'essayais tout, je m'inscrivais à tous les clubs et toutes les associations, un club d'échecs, un atelier de calligraphie, un club de bande dessinée, même si je détestais la bande dessinée.

Je mettais toutes mes forces et tout mon temps dans ces associations pour ne pas être seul pendant les récréations et les pauses du déjeuner, mais je le faisais aussi et surtout à cause de ce sentiment vague qu'à l'intérieur d'un de ces ateliers je pourrais trouver une vocation ou me découvrir un talent qui m'aurait permis de partir, de vivre une autre vie, de devenir riche et puissant et donc de réussir ma vengeance.

C'est par le théâtre que je me suis enfui. Tu le sais. Tu as tout de suite senti que le théâtre allait nous séparer, quand je rentrais des répétitions tu t'énervais, Tu ne peux pas arrêter avec tes conneries de théâtre. Une des enseignantes de français du collège avait créé un club, une fois par semaine en fin d'après-midi.

Pour la première séance je suis arrivé avant tous les autres dans la salle grise ovale à côté de la bibliothèque. Cette femme, Aude Detrez, nous a fait jouer des petites scènes qu'elle avait écrites elle-même et la surprise a éclaté là, dans cet endroit, devant elle.

La vérité c'est que le théâtre a été étonnamment facile pour moi. Je crois que c'est parce que je savais jouer un rôle. J'avais appris à le faire malgré moi depuis ma naissance, j'avais joué des rôles pour essayer de cacher qui j'étais, pour me protéger. J'avais essayé depuis ma naissance de cacher mon désir pour les autres garçons, je m'étais acharné à être plus masculin, à correspondre aux images les plus caricaturales de la masculinité, apprendre les noms des joueurs de football par cœur, aller boire des bières dans l'arrêt de bus du village le soir avec d'autres garçons, jusqu'au milieu de la nuit, prétendre m'intéresser aux filles, j'avais fait tout ça pour que les coups et les insultes cessent à l'école, pour atténuer le plus possible la présence de l'insulte dans ma vie.

Depuis ma naissance j'avais essayé de prétendre être quelqu'un que je n'étais pas, et à cause de tout ça, grâce à tout ça, le théâtre a été une évidence, justement pas une vocation artistique mais tout simplement la continuité de ma vie.

Je suis allé sur la petite estrade sous le tableau blanc, j'ai joué la scénette imprimée sur la feuille de papier que je tenais dans la main, je n'avais pas peur, et j'ai vu les yeux des autres s'agrandir, leur surprise, leur admiration pendant que je parlais et que je jouais. Je ne m'étais jamais senti admiré avant. Quand j'ai fini, ils ont tous applaudi, ils ont crié, Bravo, bravo, là, dans cette petite salle, et c'était comme si tout à coup le bruit des applaudissements recouvrait le bruit de toutes les insultes, toutes celles que j'avais entendues les années d'avant, ces insultes que j'avais apprises en même temps que j'avais appris à prononcer mon nom. L'enseignante a dit Mais quel talent – et je sais que c'est une manière naïve de dire les choses, mais je dois le dire, parce que c'est ce que j'ai ressenti à ce moment-là, quand elle m'a félicité pour mon talent je me suis senti aimé. Et j'ai su, j'ai compris que c'était peut-être par là que je pourrais fuir.

Après ce jour-là je me suis accroché au théâtre de toutes mes forces. Je voulais que le théâtre me sauve de la pauvreté, de la violence, du village. La directrice du collège madame Coquet m'a dit qu'un lycée à Amiens, la grande ville à une quarantaine de kilomètres, proposait une filière artistique, qu'il était possible d'y faire du théâtre, que je devais essayer. Je me suis entraîné pendant des mois, la fille de madame Coquet m'aidait, elle me faisait répéter des scènes, Écoute-moi Nawal, je n'ai pas beaucoup de temps, je répétais cette phrase le soir, des centaines de fois, et puis j'ai passé l'audition du lycée et j'ai été accepté. J'étais le premier dans notre famille à commencer des études au lycée, presque personne dans le village ne franchissait cette barrière. J'ai compris que le lycée symbolisait le début de notre éloignement, sans retour possible.

Les premiers jours au lycée ont été les premiers jours de ma vie que j'ai passés loin de toi. J'essaye de me souvenir. Là-bas j'ai compris qu'il existait des formes de distance beaucoup plus profondes et beaucoup plus complexes que la distance géographique. Je le sais maintenant, si j'avais mis des milliers de kilomètres entre nos corps en partant vivre dans un village à l'autre bout du monde, sur un autre continent, je ne me serais pas autant éloigné de toi qu'en franchissant les portes de ce lycée à trente kilomètres à peine du lieu de ta naissance.

D'abord il y avait la ville. Tu ne voulais jamais y aller. Tu disais que les grandes villes étaient dangereuses à cause des étrangers, le mot que tu utilisais pour parler des Noirs et des Arabes, de toutes les personnes qui n'avaient pas la peau blanche et à cause de ça même si la ville n'était pas si lointaine tu refusais d'y aller, on restait dans le village, sauf pour les quelques excursions au supermarché.

J'avais grandi avec toi à la campagne sans presque jamais m'en éloigner et quand je suis arrivé à Amiens j'ai découvert la ville pour la première fois, à quatorze ans. J'imagine que si j'avais été proche de toi, si notre relation avait ressemblé à celle des pères et des fils qu'on voyait dans les films et dans les séries à la télévision je t'aurais raconté quand je rentrais le week-end à quel point j'étais fasciné par cette découverte, ce que je découvrais, la circulation des voitures, les feux qui permettaient aux piétons de traverser la route, la possibilité d'entrer dans les magasins comme si ça avait été la chose la plus facile et la plus naturelle du monde alors que pour moi l'entrée dans un magasin avait toujours été un événement, à quel point j'étais émerveillé – mais je ne disais rien.

Surtout je me suis rendu compte que je ne ressemblais pas aux autres au lycée. Ils n'avaient pas grandi dans le même monde que nous et à travers eux j'ai découvert, non pas mon appartenance de classe, puisque au fond j'en avais toujours été conscient, mais plutôt ce que cette appartenance signifiait réellement, concrètement. Ils parlaient de théâtre, de cinéma dans les couloirs, ils racontaient les voyages qu'ils avaient faits pendant les vacances. Je n'avais jamais voyagé à l'étranger, je n'étais jamais allé au théâtre ou au cinéma, personne autour de nous n'allait au cinéma à part aux quelques projections qui étaient organisées trois fois par an dans la salle des fêtes communale.

En les regardant j'ai compris soudain que ma mère n'avait pas étudié, qu'elle écorchait les mots quand elle parlait, qu'en quatorze ans de vie commune je ne l'avais jamais vue tenir un livre dans ses mains. J'ai compris que se laver, toute la famille, dans l'eau du même bain pour économiser l'eau comme on l'avait fait quand j'étais petit n'était pas une chose normale – le dernier se lavait dans une eau marron et terreuse –, qu'au lycée où je venais d'arriver personne n'avait jamais fait ces choses-là. Que de ne pas pouvoir manger tous les soirs et de devoir aller demander de la nourriture à ma tante ou à la voisine n'était pas une chose normale non plus, que ce n'était pas *la* vie comme je l'avais cru, mais *une* vie et que les gens qui m'entouraient à Amiens avaient eu une autre vie, plus douce, plus privilégiée. J'ai compris que d'avoir regardé pendant toute mon enfance la télévision sept, huit heures par jour, m'inscrivait dans une histoire particulière, l'appartenance au monde des déshérités, des pauvres, de ce que les riches voient de l'extérieur comme des enfances perdues. J'ai compris que pour eux étudier était aussi naturel que ne pas étudier pour nous. C'est seulement là à Amiens que je voyais tout ça. Il a fallu que je m'éloigne du passé pour le comprendre, et si je voulais rédiger une autobiographie chronologique alors il faudrait commencer d'abord par Amiens et ne raconter le village qu'ensuite, parce qu'il m'a fallu arriver au lycée pour vraiment *voir* mon enfance.

Tout, tous les détails, tout me séparait des autres, même les habits ; ils portaient des jeans, des polos, des pulls et des manteaux quand je portais des pantalons de jogging et des vestes de sport, parce que dans le village ce type de vêtement était valorisé ; ils ressemblaient à ceux des chanteurs de rap à la télé, ils apparaissaient comme des vêtements masculins, virils. Au lycée plus rien de tout ça n'avait de valeur.

La rencontre avec Elena. C'est elle qui allait produire la rupture définitive avec toi et avec le monde que j'avais partagé avec toi.

J'étais avec Romain quand je l'ai vue. C'est étrange, j'étais arrivé au lycée avec l'idée de commencer une nouvelle vie et la première chose que j'avais faite là-bas avait été de me définir par rapport aux attentes de mon passé. Dans le village et au collège j'avais toujours été ami avec des filles, Amélie, Blanche, Coralie. Je n'avais jamais vraiment réussi à me rapprocher des autres garçons même s'il m'arrivait de passer du temps avec eux, et je voyais que tu en avais honte quand je te surprenais dans une de ces conversations avec ma mère, je n'ai jamais oublié ni tes mots ni tes intonations : Pourquoi il joue pas au foot avec les autres garçons ? Pourquoi il joue toujours avec des filles ? À son âge on a des copains quand même c'est pas normal. J'avais souffert de cette incapacité, et j'avais pensé que c'était un défaut que j'aurais pu corriger à Amiens. Mon idée était simple, je pensais que mon apparition dans un lieu où je ne connaissais personne et où personne ne me connaissait allait me permettre de me réinventer ; j'avais pensé que si je contrôlais suffisamment mon corps, mes manières, ma voix (je m'entraînais à avoir une voix plus grave), personne au lycée n'aurait pu me traiter de pédé, l'arrivée au lycée aurait pu être le point de départ d'une nouvelle vie, de la fin de l'Insulte et j'aurais pu être ami avec d'autres garçons – c'est ça, dans le village je devinais que les garçons restaient à distance de moi à cause de ma réputation, et que dans un lieu où je n'aurais pas de réputation, pas de passé et donc pas d'histoire, j'aurais pu tout recommencer.

Je me suis retrouvé assis à côté de Romain presque par hasard un jour pendant un cours de français et il m'a parlé. J'ai vu en lui une chance de rattraper les années perdues ; j'ai pensé, Je vais enfin être ami avec un garçon, et je jure que cette phrase me faisait trembler de hâte. J'ai lutté et j'ai réussi, je suis devenu son ami. Il était grand, musclé, sportif, il parlait des filles – il était tout ce que j'avais échoué à être. Quand je m'adressais à lui je faisais attention à garder la voix la plus grave possible, à ne pas trop bouger les mains en parlant, à être plus masculin. Je m'acharnais à m'intéresser à ce qu'il racontait sur les filles ou sur le sport et j'y arrivais, il aurait fallu me voir, l'illusion fonctionnait, et c'était mon combat pour être aimé de lui, mes efforts et mon acharnement qui m'avaient mené jusqu'à cette scène, celle où il m'avait montré Elena ; elle lisait assise à même le bitume, adossée à la tour d'escalade entre la cantine scolaire et la bibliothèque, sa tête penchée en avant et ses cheveux noirs qui dissimulaient la partie supérieure de son visage ; Romain m'avait dit Tu la vois celle-là là-bas ? Tout le monde dit que c'est une folle. L'autre fois j'ai voulu lui parler et elle m'a répondu en latin ! En latin !

Comment est-ce que j'aurais pu imaginer qu'un des plus grands bouleversements de ma vie commencerait par des mots aussi banals ?

Il m'avait proposé un jeu, je devais aller voir Elena et lui dire que je voulais coucher avec elle. Je l'avais regardée – elle Elena – puis lui, j'hésitais. J'avais peur de ce qu'il me demandait mais je ne pouvais pas perdre une occasion de l'impressionner. J'ai répondu à Romain que j'étais d'accord, j'allais faire ce qu'il voulait.

J'ai avancé vers Elena. Je sentais les regards de Romain et de Steve – l'autre garçon qui était avec nous – sur ma nuque, leur rire, et quand j'ai été suffisamment proche d'elle j'ai cherché une formule, une phrase à dire. Je ne savais pas comment m'y prendre. Je constatais que la persécution des autres demande une certaine technique, et je ne la possédais pas. J'ai essayé quelque chose : Alors tu lis quoi. Elle m'a regardé. Elle m'a regardé et elle se méfiait mais elle m'a montré la couverture du livre, *Voyage au bout de la nuit*, et pour gagner du temps – je sentais les corps de Steve et de Romain de plus en plus proches de nous – j'ai répondu Je la connais pas ta Céline. Elle a ri, C'est un homme. Céline c'est son nom de famille, Louis-Ferdinand Céline – et pour cacher la honte qui montait en moi j'ai cherché une réponse, Je m'en fous de la littérature de toute façon.

Je serrais mes poings dans mes poches.

Maintenant Steve et Romain étaient juste derrière nous. Ils se forçaient à rire en attendant que quelque chose se passe, mais ils s'épuisaient, je devais accélérer. J'ai pris une longue inspiration, En fait je suis venu pour te dire que je voulais te baiser – une phrase aussi bête, aussi vulgaire. Je me suis tourné vers Romain et Steve. Ils riaient. Elena les a regardés, puis moi. Elle m'a dit que j'étais immature, elle s'est levée et elle s'est éloignée. J'ai fait semblant de rire mais à ce moment-là j'ai ressenti quelque chose d'inédit ; toute la réalité se transformait autour de moi ; je n'ai pas tout de suite compris pourquoi ni comment mais je l'ai ressenti, je ne voulais plus rire avec Romain et Steve, c'était trop tard, je ne voulais plus être avec eux ; à peine trois minutes plus tôt j'aurais tout donné pour les faire rire mais maintenant c'était fini, j'aurais voulu crier le nom d'Elena, courir derrière elle et lui demander de revenir, lui dire que j'étais désolé, que je n'étais pas responsable, lui expliquer que je voulais seulement être aimé mais que j'avais fait une erreur, parce que c'était d'elle que je voulais l'être.

C'est un après-midi où j'étais à la bibliothèque que je l'ai revue. Je passais mon temps dans cette bibliothèque depuis que je ne parlais plus à Romain.

Je faisais des recherches sur un des ordinateurs du lycée, je ne sais plus ce que je cherchais, quand Elena est réapparue. J'ai éteint l'écran et je me suis avancé vers elle. Elle a soupiré, Si tu es encore là pour faire une de tes blagues débiles tu dégages – mais je l'ai pas laissée finir. Je lui ai dit que j'étais désolé.

Elle a soupiré une deuxième fois mais elle a accepté que je reste à côté d'elle. Je n'ai plus rien dit. J'ai pris un livre sur une étagère et j'ai fait semblant de lire, sans comprendre comment elle, elle pouvait rester aussi concentrée sur le livre qu'elle lisait.

Après cette scène je l'ai revue de plus en plus souvent. Elle n'était pas dans la même classe que moi – elle le serait l'année d'après – mais je la retrouvais le midi à l'occasion des pauses ou le soir après la fermeture du lycée. C'est pendant ces moments avec elle que je comprenais à quel point elle était différente. Elle avait lu des centaines de livres, je n'en avais lu aucun. Elle avait vu Berlin, Londres, je n'avais jamais voyagé. Quand elle revenait au lycée le lundi elle me racontait qu'au cours du week-end elle avait assisté à des concerts de musique classique avec sa mère au théâtre d'Amiens, la Maison de la culture, et je n'y connaissais rien, je n'avais jamais entendu les noms des compositeurs et des œuvres qu'elle citait.

Ce qui s'est passé, c'est que j'ai voulu ressembler à Elena, immédiatement. J'ai voulu avoir sa vie et participer à cet univers que je découvrais à travers elle, non pas parce que j'étais plus sensible à l'art ou plus intelligent que les autres, non pas parce que j'étais plus destiné que qui que ce soit d'autre à cette vie-là, mais parce que j'apercevais une existence dans laquelle j'aurais pu avoir une place. J'avais échoué à être le fils que tu avais voulu avoir, j'avais échoué à correspondre aux attentes du village, j'avais échoué avec Romain, j'échouais partout et il fallait trouver un type d'existence dans lequel un corps et une histoire comme les miens auraient été possibles, c'est tout.

Il y a des vérités qui nous frappent parfois brutalement, comme le désir, et d'autres qu'on acquiert dans le temps. Avec Elena, j'apprenais tous les jours un peu plus à connaître et à comprendre la personne que j'étais, et ce que j'avais constaté en arrivant au lycée s'est confirmé : je n'avais pas eu une enfance mais une enfance de classe. Tous mes goûts, toutes mes pratiques, ce que je faisais, ce que je disais, mes opinions, tout était marqué par le passé. J'avais partout en moi ta présence et la présence de notre famille. Par où est-ce que je dois commencer ? C'est surtout pendant les repas que je ressentais la différence et la honte. Quand je mangeais avec elle le midi, je comparais ce qu'elle mangeait et ce que je mangeais et c'était comme si cet écart entre elle et moi symbolisait tous les écarts entre sa vie et la mienne. Je mangeais des sandwichs gras, des biscuits salés. Elena mangeait des salades, des fruits ou des pâtisseries achetées dans les boulangeries chic de la ville. Parfois, elle regardait ce que je mangeais avec dégoût et elle me disait Tu ne devrais pas manger des cochonneries comme ça, tu t'abîmes le corps.

Qu'est-ce que tu faisais, ce jour où elle m'a proposé pour la première fois de venir chez elle ? Je veux dire, à quel point est-ce que nos vies ont différé ce jour-là ? Elle m'a dit que ses parents n'étaient pas là, ils travaillaient tous les deux. J'ai suivi Elena et quand elle a ouvert la porte de sa maison j'ai compris qui elle était, ou plutôt pourquoi elle était la personne qu'elle était ; dans la maison il y avait des milliers de livres, un piano ancien, des reproductions de tableaux sur les murs. Les sols étaient recouverts de moquette, la maison pleine de fauteuils, comme des invitations à lire et à réfléchir, comme si c'était l'architecture de sa maison qui avait créé Elena ; depuis qu'elle était entrée d'ailleurs son corps se transformait, il devenait une fonction du lieu, comme si son corps était une extension de ces livres et de ces œuvres d'art qui l'entouraient, que c'étaient eux qui décidaient de ses mouvements et de ses intonations. Elle m'a proposé de boire un thé et même une proposition aussi banale, anecdotique, me transportait dans un autre monde – à la maison ma mère aurait proposé du Coca-Cola ou de l'eau avec du sirop sucré, peut-être une bière ou un verre de pastis mais pas du thé. Elle m'a servi le thé et elle m'a montré les bibliothèques qui nous entouraient, celles qui étaient réservées aux livres de son père, celles pour sa mère. Je lisais pour la première fois les noms de Proust, Kundera, Marx, Arendt. Elena m'a expliqué, parce qu'elle avait vu mes regards insistants, que le piano était à sa sœur, que ses parents auraient voulu qu'elle en fasse aussi mais qu'elle n'avait jamais eu de talent pour les instruments de musique. Elle riait.

Plus tard sa mère est arrivée. Elle a demandé qui j'étais et Elena lui a répondu que j'étais son ami. Sa réponse, le mot ami, m'a ému. Sa mère m'a posé des questions, elle m'a dit qu'elle s'appelait Nadya, et avant que je parte, alors qu'elle me parlait des expositions qu'elle avait vues récemment dans les musées à Paris elle a voulu savoir si je connaissais le peintre Modigliani. Je lui ai dit que non bien sûr je ne connaissais pas, et elle m'a donné une brochure sur les peintres du milieu du XXe siècle, Picasso, Modigliani, Soutine. En sortant de la maison, avec la brochure dans la main, je me sentais transformé. Je pensais : Je veux que cette vie soit la mienne maintenant.

Je voudrais reformuler ce que j'essayais de te dire juste avant : par la rencontre avec Elena, je me suis attaché à un nouveau mode de vie, aux codes d'une nouvelle classe sociale et à tout ce qui était associé à cette classe, l'art, la littérature, le cinéma, parce que tout ça me permettait de me venger de mon enfance, de me donner un pouvoir sur toi, sur mon passé, sur la pauvreté, et sur l'Insulte, et qu'en imitant cette vie j'accédais à un monde qui t'avait toujours intimidé et que tu avais toujours, implicitement, reconnu comme supérieur (est-ce que tu n'étais pas intimidé quand tu entendais le médecin du village ou l'instituteur et leur beau langage ?). Je n'avais jamais rencontré quelqu'un d'aussi différent de nous – d'aussi socialement éloigné – et c'est peut-être ça que j'ai reconnu en Elena, dès la scène de la tour d'escalade, je veux dire la possibilité d'une fuite totale et absolue.

Je sentais qu'en m'appropriant sa vie je gagnais sur toi. Quand j'étais sorti de chez elle avec le catalogue sur les peintres du XXe siècle j'ai pensé que tu n'avais jamais su que ces peintres existaient, que tu ne le saurais jamais, que donc je possédais quelque chose que tu ne possédais pas, et que cette possession nouvelle me donnait une supériorité sur toi et sur toute ma famille qui me vengeait de toutes les fois où j'avais été humilié (*je suis désolé d'avoir pensé comme ça, mais je n'avais pas le choix, il me fallait l'arrogance et la violence pour me défaire du passé*).

Elena était devenue une donnée du temps ; sa présence l'accélérait, son absence le ralentissait – est-ce que ce n'est pas la définition même de l'amour et de l'amitié ? Le soir je retardais mes retours à l'internat pour marcher au pied de la cathédrale avec elle ou près des quais de la Somme. Je marchais, elle parlait, tout ce qu'elle disait me transformait. J'absorbais toutes ses paroles, je voulais tout retenir, tout me réapproprier, parce que chaque mot qu'elle prononçait était un mot de plus qu'elle mettait entre toi et moi, entre mon passé et moi. Elle avait des manières de voir le monde, des opinions que je n'aurais même pas pu soupçonner, des remises en cause du couple traditionnel, des considérations sur le conflit en Palestine – je ne savais pas qu'un endroit du monde portait ce nom –, des théories pessimistes sur l'être et sur l'existence inspirées des auteurs de littérature qu'elle lisait, Cendrars, Cioran, Keats. Je ne me rappelle plus si je souffrais de cet écart entre elle et moi, entre tout ce qu'elle savait et ce que je ne savais pas, ou si cet écart me donnait de la force, justement parce que cet écart et le constat que j'en faisais me confirmaient que j'évoluais dans un autre monde.

Ce que je sais, c'est que j'étais de plus en plus conscient que je voulais changer, que je voulais lui ressembler, savoir autant de choses qu'elle, pouvoir répondre et être à son niveau dans les conversations et forcément mes premières tentatives ont été ridicules ; un après-midi dans les couloirs du lycée j'ai entendu une fille parler du compositeur « Richard Wagner ». C'était la première fois que j'entendais prononcer ce nom mais j'avais vu sur le visage de la fille qui en parlait le sentiment de distinction qu'elle tirait d'elle-même au moment où elle disait Richard Wagner. Le soir à l'internat du lycée je me suis connecté à un des ordinateurs de la salle informatique et j'ai cherché qui était Wagner. J'ai noté sur une feuille de papier toutes les informations que je pouvais, j'écrivais frénétiquement, le dos courbé, le regard fou, et quelques heures plus tard, avant d'aller dormir, j'ai essayé de mémoriser les notes encore fraîches sur le papier. Le lendemain, entre deux cours, j'ai dit au premier garçon qui passait à côté de moi : « Tu connais Richard Wagner ? C'est un compositeur incroyable, j'adore son *Tristan et Isolde*. » Je bluffais. Il m'a regardé, l'air étonné : Pourquoi tu me parles de ça ?

J'essayais de lire les mêmes livres qu'Elena pour lui ressembler, j'imitais sa manière de se tenir dans les salles de cours, son écriture torturée, je m'asseyais avec elle au théâtre quand le lycée nous y emmenait, une fois par mois, je la suivais dans les rétrospectives du cinéma d'art et d'essai de la ville (ça aussi j'en apprenais l'existence, les cinémas d'art et d'essai, et je répétais cette formule à l'infini dans ma tête, parce qu'elle semblait condenser dans ses syllabes la physionomie de ma nouvelle vie – je marchais près d'Elena dans la rue et je pensais en silence, *je vais dans un cinéma d'art et d'essai*, je vais voir du *cinéma d'auteur*).

Le théâtre, la littérature, le cinéma, j'avais le pressentiment qu'ils seraient les outils qui me mèneraient à une nouvelle vie.

Alice Walker a écrit un jour « Quand j'ai quitté ma ville d'origine dans l'État de Georgie à dix-sept ans, pour aller à l'université, j'ai en fait vécu la fin de ma toujours-précaire relation avec mon père. Cet homme brillant, doué en mathématiques, imbattable quand il s'agissait de raconter des histoires mais déscolarisé après le collège, a subitement perçu les manières bourgeoises de sa fille (bourgeoise par le seul fait qu'elle étudiait à l'université) comme un obstacle à toute forme de relation simple, pour ne pas dire un obstacle terrifiant. Je souffrais d'exprimer mes pensées dans un langage qui pour lui dissimulait plus qu'il ne révélait. Cette séparation, qu'aucun de nous deux n'avait voulue, est ce que la pauvreté engendre. C'est la définition même de l'Injustice. »

Je me rappelle aussi à quelle vitesse la rencontre avec Elena m'a séparé de tous ceux qui avaient fait partie de ma vie avant le départ pour Amiens. Ce n'était pas seulement toi. Quand je rentrais à la maison le week-end je ne me reconnaissais plus dans la réalité qui m'entourait ; il n'a fallu que quelques heures avec Elena pour que s'effondre tout ce que j'avais appris entre ma naissance et l'âge de quatorze ans. Tout à coup je n'ai plus supporté les choses que j'avais aimées avant d'entrer au lycée et que je partageais avec ma mère et avec toi, malgré ce qui nous séparait, les heures passées devant la télévision tous les soirs, sept, huit heures avant d'aller dormir, ou les journées à jouer aux consoles de jeu, les plaisanteries sur les femmes que tu faisais à l'heure de l'apéro quand ceux que tu appelais tes « copains » venaient boire du pastis avec toi, ces blagues qu'Elena trouvait vulgaires et violentes, les après-midi sur la place du village les jours de brocante et de kermesse, que j'avais adorées avant – le peu de choses qui nous réunissaient encore sont devenues impossibles.

Je t'en voulais de ne pas pouvoir te raconter ce que j'avais ressenti en entrant pour la première fois chez Elena, le monde qui s'ouvrait à moi, le continent que je découvrais à travers elle. J'aurais aimé en parler à quelqu'un, je crois, pouvoir dire la violence de ce qui se passait dans mon corps, pas une violence destructrice, non, au contraire, une belle violence, celle de l'arrachement, de la possibilité d'une forme de liberté.

Je ne trouve pas les mots, je ne sais pas comment le dire, je savais qu'il existait d'autres vies que la nôtre avant de rencontrer Elena, évidemment, des riches et des pauvres, des privilégiés et des exclus, des gens autour de nous qui avaient des avantages que tu n'avais pas, comme la pharmacienne du village ou le maire qui avaient de l'argent et des belles maisons, et qu'on enviait, mais il faut être entré dans ces mondes pour ressentir à quel point la différence est réelle, et à quel point elle est partout, pas seulement dans l'argent mais dans les façons de penser, de marcher, de respirer, partout. J'aurais voulu pouvoir décrire à quelqu'un cet écart et ma fascination, le fait que je comprenais notre monde par celui d'Elena et celui d'Elena par le nôtre (mais peut-être aussi que je dis « j'aurais voulu te raconter tout ça » seulement parce qu'il est trop tard, et que, protégé par l'impossibilité radicale, chronologique, je peux me donner toutes les intentions les plus belles et les plus poétiques ; peut-être que j'étais heureux au fond de garder ces découvertes pour moi, et heureux de ce nouveau silence entre toi et moi).

À la maison j'étais devenu un étranger. Toi et ma mère, vous avez remarqué ce changement dans ma manière d'être. J'imitais ce que j'avais vu à Amiens, je ne disais plus que je voulais manger mais que je voulais dîner, je ne voulais plus regarder la télévision le soir. Je ne supportais plus les expressions toutes faites, « ce qu'il faudrait c'est le retour de la peine de mort » ou « la droite la gauche au bout du compte c'est tous les mêmes », j'étais irrité quand vous les prononciez, je soufflais « mais n'importe quoi ». J'étais blessé de ne pas avoir des parents comme ceux d'Elena qui remettaient en cause tous les principes dans leurs conversations, et j'ai honte de l'avoir pensé parce que je sais que c'est faux mais en moi je vous reprochais de ne pas avoir d'intelligence et de complexité, contrairement aux parents d'Elena. C'est comme si chez Elena je découvrais des émotions que je n'avais jamais connues dans mon enfance, pas à cause de l'âge et parce que j'aurais été trop jeune avant, mais parce que je ne savais même pas qu'elles existaient, la mélancolie, l'exaltation artistique, la torpeur, et peut-être que c'est en partie vrai, peut-être que certaines émotions sont des inventions bourgeoises (c'était avant que je me rende compte que la bourgeoisie est souvent incapable elle aussi de certaines émotions, comme la colère ou la compassion, mais je ne le voyais pas). Je donnais à ma mère des conseils sur la façon d'élever mes petits frère et sœur, Il ne faut pas qu'il regarde la télévision autant, pourquoi tu ne leur fais pas écouter de la musique classique, et elle s'énervait. J'utilisais des mots nouveaux, des mots sans importance mais qui me semblaient distingués, fastidieux, extraordinaire, bucolique, je ne disais plus huit heures du soir mais vingt heures, les mots d'un autre monde, et ma mère se moquait de moi, « il parle comme un médecin ».

J'écrivais des messages à Elena pour lui dire que je détestais ma mère, que je vous détestais. Je me plaignais du fait que ma famille ne comprenait pas ce que je devenais, que vous ne pouviez pas comprendre parce que personne dans cette famille n'avait étudié et vécu ce que je vivais, mais ce n'était pas vrai, mes lamentations étaient fausses, en moi j'étais flatté par cette incompréhension et cette distance.

Un soir à la fin du repas j'avais dit à ma mère, Je vais boire le thé tu en veux un ? – je n'avais pas dit boire du thé mais boire le thé, comme Elena. Je l'avais fait pour montrer la nouvelle personne que je croyais être. Ma mère m'a regardé, et elle a ri, Attention il joue au Monsieur celui-là maintenant, il est noble, il boit LE thé. Elle avait fait semblant de rire mais j'avais vu la blessure dans sa voix et sur son visage.

Toi tu ne disais rien. Tu regardais la télévision, en silence, comme toujours, et je ne sais pas ce que tu pensais de ma transformation.

Après la première fois chez Elena je suis allé chez elle de plus en plus régulièrement. Sa mère m'invitait à manger avec elles le week-end, à dormir chez elles dans la chambre d'ami, au dernier étage, et je faisais tout ce que je pouvais pour rentrer le moins possible au village, pour m'éloigner encore plus radicalement de ma mère et de toi. Je voulais entendre parler Elena, encore et encore, être chez elle, écouter avec elle les disques de Glenn Gould ou de Keith Jarrett qu'elle aimait, ou ceux de Brahms que sa mère admirait. Tout le reste était devenu une perte de temps pour moi. Même les soirs de la semaine j'évitais l'internat où j'aurais dû être ; Nadya me disait que sa maison était aussi la mienne et que je pouvais y passer autant de temps que je voulais[1]. Pendant qu'on mangeait, la petite sœur d'Elena nous jouait des sonates au piano, Nadya offrait à ses filles des livres, García Lorca, Victor Hugo, Sylvia Plath.

1. je n'en parle pas plus parce que je n'ai rien à dire de la vie à l'internat, il ne me reste que quelques souvenirs sombres et brumeux, l'odeur forte des légumes bouillis dans le réfectoire le soir, l'ennui, les habits volés dans les douches, mon désir caché pour Karim le gardien du dortoir – je n'ai rien d'autre à dire, il me reste moins de souvenirs que des sensations

Surtout, chez Elena il fallait inverser tout ce que j'avais appris avec toi ; son monde c'était notre monde renversé. Tu m'avais appris qu'il fallait regarder la télévision à table, que l'heure du repas était celle où on regardait la télé en famille, les informations du soir et ensuite un film ou une série. Si ma mère essayait de parler ou si je voulais raconter une anecdote de ma journée à l'école tu t'énervais, tu nous disais de nous taire. Tu disais que regarder la télé le soir était une affaire de politesse. À la maison il y avait quatre ou cinq télévisions, tu allais les chercher à la décharge et tu les réparais, une télé dans chaque chambre, une dans la pièce commune. On la regardait le matin avant d'aller à l'école, le soir avant de dormir, les après-midi pendant le week-end. Chez Elena, il n'y avait pas de télévision dans la salle à manger ou dans les chambres, mais plus encore que ça, j'ai compris que dans sa famille le repas était le moment où il fallait parler, raconter sa journée, ses projets, exposer ses idées.

Chez elle le repas était une cérémonie pendant laquelle il fallait discuter, et c'était le contraire qui aurait été malpoli. Comment est-ce que son mode de vie et le nôtre pouvaient être aussi symétriquement, aussi caricaturalement opposés ?

Cette inversion je la voyais à tous les niveaux : chez nous un homme devait se resservir de la nourriture plusieurs fois pendant le repas pour montrer son appétit, et donc sa force, et donc sa masculinité, alors que chez Elena faire la même chose aurait été vu comme de la goinfrerie, comme déplacé et vulgaire.

Chez nous il fallait commenter le repas, tu le faisais, tu disais après le repas Encore ça que les boches n'auront pas, chez Elena on ne parlait jamais du repas, à part pour complimenter Nadya sur sa cuisine, une phrase ou deux en passant. On ne parlait pas de son corps, de son estomac, de ses fonctions physiologiques, il fallait faire disparaître le corps – et le plus étrange, c'est que personne n'édictait ces règles, elles existaient, simplement.

Mais ce n'est pas de ça que je veux te parler. Je t'écris pour te parler de la première fois où j'ai senti mon existence se tordre en moi. C'était un soir chez Nadya et l'ambiance était toujours la même, rituelle, comme un rêve qui se reproduirait à l'infini : les bougies, la musique classique au loin dans la cuisine, les bouteilles de vin autour de nous, le silence entre nos phrases – pas un silence comme celui que j'avais connu quand ma mère venait de finir le ménage à la maison, que tu étais parti au café et qu'elle s'endormait sur le canapé, exténuée, avec la télé allumée sans le son, ce n'était pas ce silence-là mais un silence confortable, privilégié – même dans le silence il n'y a pas d'égalité.

Nadya m'a demandé Et qu'est-ce que fait votre famille dans la vie ? Si ce n'est pas indiscret bien sûr. Je ne me suis pas permis d'interroger Elena.

Je me suis senti bloqué, paralysé. Quelque chose en moi ne voulait pas lui dire que tu avais été ouvrier à l'usine pendant toute ta vie jusqu'à l'accident qui t'a broyé le dos et empêché de continuer, avant ta reconversion en balayeur, ou que ma mère nettoyait le corps des personnes âgées mourantes dans le village, tout à coup je ne pouvais pas dire tout ça. La honte était trop forte. Je me sentais coupable de mon histoire, comment est-ce que j'aurais pu la raconter, là, entouré par ces bougies et par ce silence ?

J'ai réfléchi. J'étais sûr que contrairement à ce qu'elle disait Elena lui avait déjà parlé, je ne pouvais pas mentir (plus tard à Paris je le ferai, quand des hommes que je rencontrais dans les bars me demanderont ce que font mes parents dans la vie, je leur répondrai que tu es avocat ou professeur d'université, la honte me fera mentir).

Alors, j'ai choisi la stratégie inverse. Plutôt que de mentir ou d'évacuer la question, j'ai répondu à Nadya, J'ai une famille d'alcooliques et de prisonniers. Nadya a levé les sourcils. Je ne sais pas si sa surprise était vraie ou si elle était feinte. J'ai continué, Je parie qu'à l'heure qu'il est ma famille est plutôt en train de regarder une émission de téléréalité idiote en riant grassement et en mangeant le troisième paquet de chips de la soirée. Je parie que mon père est en train de boire son huitième verre de pastis et qu'il a les mains posées sur son gros ventre.

J'avais honte de ce que je disais mais je le disais. Tu détestais les chips, tu n'en mangeais jamais, tu buvais c'est vrai, beaucoup, beaucoup de pastis, mais je n'avais jamais supporté le mot alcoolique te concernant, c'était un mot qui jugeait, même quand ma mère l'utilisait pour parler de toi je lui en voulais, et cette fois je l'utilisais, j'exagérais, je ne mentais pas vraiment mais je présentais la réalité d'une manière qui la dégoûterait, je le savais, c'est comme si au fond le silence ou l'exagération avaient été la même chose, comme si ne pas répondre ou exagérer étaient le même geste, le même acte, parce que face à Nadya les deux me permettaient de me mettre à distance de mon passé.

Je voulais montrer à Nadya que j'étais de son côté maintenant, contre ce passé, et pour être contre ce passé je devais le dégrader le plus possible. Nadya souriait, un sourire crispé, comme si elle se préparait à m'entendre dire que tout ce que je racontais n'était pas sérieux. Je me détestais mais je ne pouvais plus m'arrêter, c'était trop tard, les mots que je disais me dégoûtaient mais en même temps, je dois l'avouer, en même temps ils me réconfortaient, parce qu'ils me rassuraient sur ma place au monde. Je n'étais plus comme vous, ma mère et toi, c'est ce que je signifiais à Nadya sous la surface de ce que je disais, Je ne suis plus comme eux. Nadya soutenait mon regard, trop longtemps, beaucoup trop longtemps ; elle soutenait le mien pour savoir si j'étais sérieux et je soutenais le sien pour lui faire comprendre que je l'étais.

Elle a souri encore et elle a dit : Oh je suis sûre que vous exagérez, je suis certaine que vos parents sont en train de discuter ou qu'ils se demandent ce que vous faites ce soir. C'est ce qu'elle disait mais à travers ses yeux j'avais l'impression qu'elle me suppliait : Dites-moi que vous n'exagérez pas, dites-moi que c'est encore pire.

J'ai ajouté : Oh ils s'en fichent de moi. Et non ils ne discutent pas. Ils ne discutent jamais. Qu'est-ce qu'ils se diraient ? Ils regardent la télé comme toujours.

Nadya a haussé les sourcils. Quelle horreur. J'ai toujours détesté la télé. Elle a rempli mon verre, le rouge du vin scintillait à la lumière des bougies, les bougies tremblaient dans ma rétine. Elena et son père étaient silencieux, ils nous écoutaient, et pendant ces instants où elle, Nadya, concentrait son attention sur moi, il n'y avait aucun bruit, rien d'autre que celui de la ville, au loin, dans la nuit.

Nadya a repris une longue respiration sonore et nous avons parlé d'autre chose. C'était la première fois que je faisais ça. En moi, je me détestais. Je pensais à toi, à ta douleur si tu avais entendu ce que je disais, ta stupéfaction peut-être, ta question : Pourquoi tu dis ça de nous. Je voulais tellement être accepté par Nadya. Je voulais tellement appartenir à son monde. Appartenir à son monde, c'était me sauver de mon enfance – est-ce qu'il est possible de me pardonner ? Je souffrais mais plus tard, quand je suis allé dormir dans la chambre d'ami à côté de la chambre d'Elena, je me suis allongé et j'ai fermé les yeux, apaisé, avec l'impression d'appartenir un peu moins à mon passé.

Je suis désolé.

Malgré tout je sais que vous étiez fiers aussi, toi et ma mère, fiers d'avoir un fils qui *s'en sortait*, qui faisait des études, qui était presque le seul garçon du village dans cette situation, fiers d'avoir un fils qui en fin de compte était un candidat à la bourgeoisie.

La blessure et la fierté coexistaient en vous comme les deux faces d'un même sentiment. Quand vous partiez à la pêche le week-end et qu'un de tes copains qui vous accompagnaient voyait que je ne venais pas, que je restais seul à la maison et qu'il te demandait pourquoi, tu lui répondais que c'était parce que je préférais lire et étudier, et j'entendais la fierté dans ta voix. J'entendais ta fierté et tes efforts pour le dire de la façon la plus dégagée possible, comme une chose sans importance, pour que tes copains ne puissent pas te soupçonner de te croire supérieur à eux.

Ma mère me demandait des photocopies de mes bulletins de notes et elle se déplaçait dans le village avec, elle les montrait à toutes les personnes qu'elle croisait, elle disait que son fils faisait des « grandes études » (les études étaient si rares qu'un simple bac général lui semblait être « des grandes études »). Les autres femmes se moquaient d'elle, même à moi elles me le disaient, Elle nous saoule ta mère à raconter sa vie, mais elle ne les écoutait pas, elle continuait, elle se sentait plus forte que ces femmes, elle pensait que ces papiers qu'elle tenait dans sa main étaient la preuve de sa supériorité.

Elle se vengeait de toutes celles qui s'étaient crues supérieures à elle, la patronne de l'épicerie qui la regardait de haut quand ma mère lui demandait de la payer le lendemain, les secrétaires de la mairie qui la méprisaient à cause de ses difficultés à s'exprimer, elle m'utilisait pour sa vengeance, pour montrer à ces femmes qu'elles s'étaient trompées en la prenant aussi peu en considération.

(Ce n'est pas simple pour moi de faire resurgir toutes ces images, il m'a fallu un travail de mémoire immense pour m'en souvenir, parce que pendant des années j'avais enterré ces scènes, qui ne correspondaient pas assez à l'histoire que je voulais me raconter à l'époque, celle du fils qui réussit contre tout, et surtout contre sa famille.)

Pourquoi est-ce que tu ne me disais rien ? La fois où j'ai failli mourir d'une péritonite, pendant les vacances scolaires, et que j'ai dû rester plusieurs semaines à l'hôpital, tu es venu me voir et tu m'as offert des magazines politiques, du chocolat. Personne ne lisait jamais la presse autour de nous, tu n'avais jamais acheté de journaux ou de magazines. Tu ne les connaissais pas, et à cause de cette méconnaissance, tu m'avais acheté des magazines de droite, des choses que je ne lisais jamais, que la famille d'Elena m'avait appris à mépriser. Je t'ai remercié, j'ai pris les magazines et tu m'as dit que tu les avais choisis parce que tu savais que je m'intéressais à la politique. Tu m'as dit qu'il y avait aussi des reportages sur les rois de France, que ça pourrait peut-être m'aider pour mes études.

Ce jour-là dans la chambre d'hôpital j'ai compris que peut-être, parfois, tu pensais à ma vie, à mes études et à mon devenir.

Je ne te voyais presque plus. Je passais mes soirées et mes nuits chez Elena. Je la connaissais depuis six mois et pendant les dîners chez elle j'étais de plus en plus à l'aise. Je ne parlais pas aussi bien qu'elle bien sûr, je ne savais pas autant de choses qu'elle, mais je me sentais moins intimidé et pendant les conversations sur la littérature ou sur le cinéma (les plus fréquentes) je parlais de livres que je n'avais pas lus, de films ou de pièces que je n'avais pas vues (une expression anglaise dit : *fake it until you make it*, joue à être ce que tu n'es pas, jusqu'à le devenir, jusqu'à ce que ce rôle devienne ton être, et pendant ces dîners chez Elena c'est cette expérience-là que j'ai vécue, je jouais un rôle, le sien, je jouais à être elle, à avoir ses conversations, ses intonations, parce que j'espérais devenir comme elle, à force d'imitation). Tout changeait en moi, et paradoxalement, parce que je m'éloignais de toi, tu devenais plus présent dans ma vie.

Tu devenais une présence négative.

J'allais au cinéma d'auteur de la ville avec Elena et je voyais des rétrospectives Todd Haynes, Gus Van Sant, Orson Welles. En sortant des projections je pensais à toi : mon père n'a jamais fait ça, il n'a jamais vu ça. Il ne connaîtra jamais le nom de Gus Van Sant. Le soir chez Nadya pendant les repas je pensais : jamais il ne vivra ou ressentira la texture de ces dîners, le piano, les bougies, les conversations sur la peinture, parce que même s'il avait ces bougies ou s'il entendait ces notes, rien dans son être ne l'a préparé à en éprouver la beauté. Je ne voyais pas encore dans cet écart entre ma vie et ta vie un signe de l'injustice, de la violence de classe, mais seulement le signe que j'étais destiné à une vie plus belle et plus grande.

Pourtant, et malgré tout, je me transformais moins vite que je l'imaginais et que je le fantasmais. Je l'ai compris une nuit où j'étais dans la chambre d'Elena, c'est une image qui dépasse toutes les autres. Ses parents et sa sœur étaient partis se coucher et comme à peu près chaque nuit j'étais sorti de la chambre d'ami sur la pointe des pieds pour la rejoindre et pour dormir avec elle. Pendant toutes ces années sa chambre a fait partie de l'architecture et de la géographie de mon être ; une petite pièce sous les toits, mal éclairée, mansardée, brûlante en été. Elena fumait devant la fenêtre ouverte. Cette nuit-là elle s'est tournée vers moi : Tu sais, maintenant il faudrait que tu apprennes à manger, je pense que ce serait mieux pour toi. Au moment où elle a prononcé ces mots j'ai senti mon corps se raidir. Je savais exactement de quoi elle parlait. Je n'y avais jamais pensé explicitement, je ne me l'étais jamais formulé mais je savais exactement de quoi elle parlait. Elle a continué, Je veux dire c'est pour toi, devant les autres tu y arriveras mieux dans la vie si tu manges correctement, et pas comme un paysan. Sinon les gens auront une mauvaise image de toi. Je me taisais, je l'écoutais. *Attends ici, ne bouge pas*. Elle est sortie de la chambre, je l'ai entendue descendre les escaliers, deux étages jusqu'au rez-de-chaussée. Elle est remontée avec une assiette, des couverts et la moitié d'une baguette. Je la regardais comme une vision de ma vie future. J'essayais de ne rien perdre d'elle, de son souffle, de la courbure de ses gestes.

Elle a coupé des petits morceaux de pain d'à peine plus de trois ou quatre centimètres et elle les a placés à l'intérieur de l'assiette et puis elle a regardé les morceaux de pain, puis moi, sans rien dire, comme pour me demander si j'avais compris. J'ai bougé légèrement la tête en signe de coopération. Elle murmurait : *voilà, comme ça* ; elle plaçait ses mains sur la fourchette et sur le couteau, elle me montrait comment les tenir, à quel niveau du manche placer les doigts, et elle piquait les morceaux de pain avec la fourchette qu'elle ramenait ensuite délicatement vers sa bouche. *C'est comme ça qu'il faut les tenir, pas comme ça* ; elle avait dit cette phrase et simultanément elle avait tenu son couteau et sa fourchette d'une manière grossière pour m'imiter, elle avait empoigné le couteau de toute sa main, comme à l'intérieur d'un poing fermé, elle me montrait que le reste du temps c'était de cette façon-là que je tenais mes couverts. Je regardais ses doigts, je voulais tout retenir, qu'aucun détail ne disparaisse de ma mémoire. Elle recommençait, je l'observais, et puis elle m'a donné les couverts et j'ai essayé de reproduire les mêmes gestes. Elle me chuchotait Non, pas comme ça, mets ta main comme ça. Je l'écoutais, elle continuait, c'est bien, oui comme ça, c'est bien. J'avais la sensation d'accélérer le temps, d'apprendre en quelques minutes ce que son corps à elle avait appris en quinze ans, au contact de sa famille, par la répétition des repas à travers les jours et les saisons. Quand il n'y a plus eu de pain elle m'a montré comment poser la fourchette et le couteau à l'intérieur de l'assiette, la lame du couteau glissée entre les dents de la fourchette, en équilibre, comme le faisait sa mère. Les jours d'après, à chaque repas je me suis efforcé de manger comme Elena me l'avait montré, les autres mangeaient et ils pensaient que je faisais la même chose mais en réalité quand je mangeais je travaillais, j'apprenais un nouveau corps.

Ce que la scène avec les couverts dans la chambre d'Elena m'a fait comprendre c'est que mon passé était partout en moi, dans mes manières de manger mais aussi dans mes manières de marcher, de m'habiller, de parler. Mon corps racontait une histoire différente de celle que je voulais façonner par ma volonté ; il ne suffisait pas de connaître des noms d'auteurs de romans ou d'aller au cinéma avec Nadya et avec Elena, de transformer mes sujets de conversation pour devenir quelqu'un d'autre. Ce que j'avais été était inscrit dans ma chair, dans ma voix, dans mes mouvements, et j'ai décidé de tout transformer en moi. Je me suis promis d'éradiquer toutes les marques de ce que j'avais été ; je me suis souvenu de la première semaine à Amiens, quand une fille avait ri en m'entendant parler dans les couloirs du lycée, à cause de mon accent du Nord. Alors je me suis entraîné. Tous les jours, je m'entraînais à prononcer les mots sans accent ; je répétais les mots en marchant dans la rue, le soir avant d'aller me coucher, je m'acharnais à contrôler les mouvements et les contractions de mes lèvres, de ma langue, de ma gorge quand je m'adressais à Nadya et Elena, il fallait rester concentré à chaque mot pour ne pas flancher, j'essayais d'imiter les accents de la bourgeoisie dans films que je voyais au cinéma avec elles (certains se rendaient compte de cette transformation au lycée, comme Étienne, un nouvel ami. Il me disait Mais pourquoi tu parles avec cet accent de bourge ridicule maintenant ? – alors que lui avait cet accent, comme si l'avoir acquis par sa famille était légitime mais que l'avoir acquis par choix et par l'apprentissage était illégitime et condamné au ridicule).

Quand dans les conversations avec les autres l'intensité de ma concentration baissait et qu'une sonorité typique du Nord s'inscrivait dans mes mots, je me méprisais, je m'insultais en moi-même, en silence. Je me traitais de paysan, de campagnard, je m'insultais comme je m'étais insulté enfant quand quelqu'un me disait pédé et que je me répétais l'insulte ensuite pendant des heures, comme si l'autre avait réussi à greffer l'Insulte en moi, comme si l'insulteur avait le pouvoir non seulement d'insulter mais aussi de contraindre l'insulté à se répéter l'insulte à lui-même, pour l'éternité, comme si la violence de l'insulte était celle d'une complicité forcée ; je me méprisais mais je n'abandonnais jamais, je continuais à m'entraîner, tous les jours, dans toutes les occasions, dans la douche, dans les transports en commun, *il faut faire disparaître l'accent, il faut faire disparaître l'accent* – je me souviens d'un soir, au bord des larmes, où j'essayais de prononcer jaune en disant « jone » et non pas « jane » comme je l'avais fait depuis toujours, j'essayais mais je n'y arrivais pas, mon passé était partout dans ma bouche, dans mes tissus, dans mes muscles, je ne comprenais pas comment ma bouche était aussi rigide et aussi incapable de prononcer un mot, un mot minuscule, et mon impuissance faisait monter les larmes dans mes yeux.

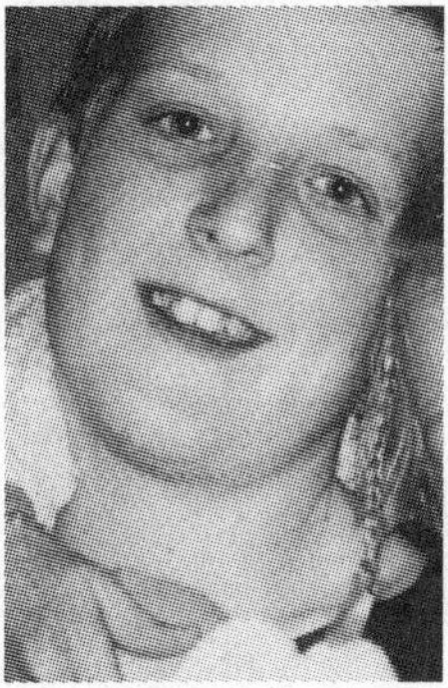

L'effet Elena : deux ans à peine séparent ces photos

Le rire aussi ; quand j'avais ri avec Romain pendant les premiers jours au lycée il m'avait dit que je riais trop fort, de manière trop brutale. Les fois où je riais avec lui en cours il me reprenait : Ris moins fort ! Je savais que mon rire était relié à mon passé.

Personne n'avait besoin de me le formuler, je voyais que le monde était organisé autour de principes binaires : lourd/léger, bruyant/silencieux, gros/mince, visible/suggéré, insistant/subtil, grossier/distingué, qui sont aussi des principes de classe, et que j'étais toujours, fatalement, du côté le moins légitime de cette structure.

Alors, pour le rire j'ai fait la même chose que pour l'accent : je me suis entraîné. J'avais décidé d'apprendre un nouveau rire, par la volonté. Je me mettais devant un miroir et tous les jours je m'entraînais à rire autrement, moins fort, avec la bouche moins grande ouverte, moins expressive. Je m'entraînais à rire avec un rire plus conforme à ma nouvelle vie, à mon nouveau monde, à Elena et à l'urgence de ma métamorphose. Quand j'étais avec des amis au lycée, Morgan, Julie ou Étienne, ceux avec qui je passais le plus de temps les fois où je n'étais pas avec Elena, et qu'ils disaient quelque chose de drôle, j'essayais de rire avec mon nouveau rire, même dans les moments les plus drôles, les moments où par définition, une personne se laisse aller, perd le contrôle, je devais rester concentré pour rire avec le nouveau rire, celui que j'avais inventé face au miroir.

Petit à petit, progressivement, ce rire artificiel, mimé, est devenu mon rire – et aujourd'hui, quand j'entends ce rire, enregistré sur une vidéo par exemple, je ne peux pas m'empêcher d'y déceler quelque chose d'artificiel. J'entends dans mon rire la trace de sa fabrication, de ces heures entières avec moi-même comme seul témoin passées devant les miroirs, à apprendre ma vie comme on apprendrait un rôle au théâtre. Toute ma vie devenait un effort de concentration. J'étais concentré quand je parlais, quand je riais, quand j'éternuais, quand je mangeais, tout ça devenait un exercice pour moi.

Je faisais aussi du sport pour la première fois, pour perdre du poids. J'allais courir dans les forêts derrière le village parce que le soin de son corps était une valeur que j'apprenais à force de passer du temps avec Elena. J'ai perdu dix kilos en une année. Je voulais manger des choses *bio, saines, légères.* J'étais grisé en prononçant ces mots.

Elena m'avait teint les cheveux pour que je lui ressemble encore un peu plus, pour m'éloigner un peu plus de mon ancienne apparence ; pendant une visite, chez le médecin, j'avais inventé un problème de vue pour pouvoir porter des lunettes, comme elle – et j'avais réussi. J'avais un corps mince, des cheveux longs, des lunettes, je ne te ressemblais plus.

Quand je rentrais le week-end je travaillais à la boulangerie du village. Je vendais le pain, je faisais cuire les viennoiseries, je transportais les baguettes par centaines depuis le four jusqu'à la boutique. Avec l'argent que je gagnais, j'accompagnais Elena au cinéma, j'achetais du vin que j'offrais à Nadya en arrivant au dîner. C'était un des gestes de ma nouvelle vie loin de toi, passer chez le marchand de vin – *le caviste* – avant le dîner et y acheter une bouteille pour l'offrir, parce que Étienne m'avait dit qu'il ne fallait jamais arriver à un dîner les mains vides, mais avec des fleurs ou du vin – dans le village ce genre de règle n'existait pas, et si on offrait quelque chose c'était pour faire plaisir à l'autre, pas à cause d'un règlement. Je traversais Amiens avec dans la main la bouteille de vin que je m'apprêtais à offrir et cette image de moi-même me plaisait, je pensais : tu as réussi maintenant, tu as une autre vie. Un jour je suis allé dans un grand magasin de vêtements et j'y ai acheté des habits et des chaussures. Je voulais me débarrasser de mes vêtements de sport, de mes vestes de jogging, et acheter des jeans, des polos, des chemises, compatibles avec ma nouvelle façon de rire et de parler, un long manteau noir qui m'arrivait jusqu'aux genoux, des chaussures que dans notre famille on appelait des chaussures de ville, noires, à talonnettes, qui avaient l'apparence du daim.

J'avais une nouvelle voix, sans accent – du moins c'est ce que je croyais –, un nouveau rire, une nouvelle apparence. Je contemplais mon reflet dans le miroir et je pensais : tu es quelqu'un d'autre. Elena continuait de participer à ma transformation, elle m'avait appris à faire des nœuds de cravate, les nœuds Windsor qu'elle trouvait les plus beaux, et j'en portais pour aller au lycée. Le soir où Nadya m'a vu avec une cravate, elle a presque sursauté : Eh bien Eddy vous vous embourgeoisez. Elle ne savait pas que c'était la plus belle phrase qu'elle aurait pu me dire, et les jours d'après je me la suis répétée jusqu'à la folie.

Je ne pense pas que tu t'en préoccupais mais la première année au lycée mes résultats étaient moyens, souvent mauvais, parce qu'étudier ne me plaisait pas, que je ne savais pas comment faire, comment travailler ou comment apprendre. Je voyais que ce n'était pas qu'une question de connaissances, de choses que je savais ou que je ne savais pas mais aussi une question de méthode. Pendant toutes les années où j'avais vécu avec toi j'avais fait mes devoirs dans la seule pièce commune de la maison, tu regardais la télévision, tu fumais, tu haussais les épaules en disant que l'école ne servait à rien, et mes frères et sœurs se parlaient pendant que ma mère cuisinait à la même table, la table sur laquelle j'essayais de finir mes devoirs. Il n'y avait pas de bureau dans les chambres, elles étaient trop petites, et de toute façon puisqu'il n'y avait pas de porte les chambres étaient aussi bruyantes que la pièce commune. Au collège quand je rendais les devoirs recouverts de taches de graisse et de sauce tomate à cause de la cuisine que ma mère faisait à la même table que celle où je travaillais, l'enseignante de français riait, Au moins monsieur Bellegueule on sait ce que vous avez mangé la veille, et je riais aussi.

Au lycée quand je me comparais à Elena, j'avais l'impression que le rapport à l'école était une chose qui nous séparerait pour toujours, malgré ma transformation commencée avec elle. J'avais du mal à saisir cette force qui animait son corps quand elle s'asseyait devant un livre ou une feuille de papier qu'elle remplissait de son écriture, ces attitudes qu'au fond dans le village et au collège on avait toujours trouvées risibles, précieuses. J'alternais les phases où je travaillais dur et celles où je me décourageais mais dans les deux cas mes résultats étaient soit moyens soit médiocres. Pourtant, une nouvelle forme d'évidence s'imposait à moi : dans la famille d'Elena tout le monde avait fait des études, les études étaient une dimension de la vie presque aussi naturelle que manger ou que respirer. Ç'avait été une surprise en arrivant à Amiens de voir que pour les enfants de la petite bourgeoisie de la ville faire des études était une question qui ne se posait pas, même pour ceux qui avaient des résultats moyens ou qui n'aimaient pas l'école, alors que dans le village faire des études devait être l'aboutissement d'une volonté, d'un combat, et que pour ceux qui avaient des résultats moyens, c'était ne pas faire d'études qui relevait de l'évidence.

Alors quand j'ai compris, sans doute à travers une infinité de petits moments accumulés, de phrases, de constats, que le système scolaire était une condition absolue de ma transformation, autant que les habits que je portais, je me suis mis à travailler de toutes mes forces.

J'imitais Elena, son mode de vie et de travail. Comme je dormais chez elle j'avais une chambre et un bureau pour travailler. Je m'enfermais, j'écrivais, réécrivais mes devoirs dans la maison que Nadya gardait absolument silencieuse pendant l'heure du travail scolaire, deux ou trois heures par jour.

En fait, pour la première fois j'intériorisais le rythme de ce silence dans mon corps, tous les jours, sa nécessité. Il devenait une partie de moi et de mon rythme biologique, c'est ce rythme que je n'avais jamais expérimenté parce que ce silence n'avait jamais existé à la maison.

(Plus tard quand je romprai avec Elena et sa famille, sa mère me dira : Tu as profité de tout ce que nous t'avons transmis. Qu'est-ce que veut dire profiter ? Est-ce qu'Elena n'avait pas profité aussi de ce que sa mère lui avait transmis ? De son milieu social ?

Est-ce qu'il y a des individus pour qui le profit est légitime, et d'autres pour qui il est un scandale, une spoliation ?)

Je travaillais mais j'échouais. J'avais accumulé trop de retard en sciences et en mathématiques au collège, que je n'arrivais pas à rattraper. J'étais meilleur pour le français et l'histoire grâce à toutes les références apprises chez Nadya et Elena, je constatais à quel point un milieu familial favorise les études.

C'est pendant la deuxième année à Amiens que quelque chose a changé. Il fallait choisir des disciplines et en éliminer d'autres. J'ai pu abandonner les sciences et les mathématiques presque complètement, et me concentrer sur le théâtre, la littérature, l'histoire, les langues. Je ne lisais toujours pas, les livres et la lecture me résistaient, mais je continuais à aller au cinéma avec Elena, et je l'imitais même dans ses tentatives d'écriture. Elle voulait écrire ; elle rédigeait des petites pièces de théâtre qu'elle me faisait lire et sans m'en rendre compte, dans les jours qui suivaient je les recopiais presque mot pour mot en pensant que je produisais quelque chose d'original.

Tous ces éléments, la familiarité avec la culture acquise chez Elena, le rythme du travail, l'idée que c'était l'école qui me sauverait, l'abandon des matières pour lesquelles j'étais perdu, tout ça faisait que j'étais de plus en plus adapté au système scolaire. Je progressais, et à la fin de la deuxième année à Amiens, mes résultats sont devenus meilleurs que ceux de presque tous les autres dans ma classe.

Écoute.

C'est une nuit dans la chambre d'Elena. Je suis allongé près d'elle. Nous dormons là tous les deux presque toutes les nuits dans son lit minuscule, mon corps contre le sien. Elle fume. Elle a ouvert la fenêtre de sa chambre pour que ses parents ne sentent pas la fumée, et le froid de la nuit entre par la fenêtre, il se dépose sur nos visages et sur nos bras.

Il est deux ou trois heures du matin, ses parents dorment, nous avons dîné ensemble et bu beaucoup de vin. Je tourne la tête vers elle, je vois la cigarette entre ses doigts, la fumée qui sort de sa bouche et qui s'envole vers le dehors.

Elle me propose de fumer. Je dis oui, d'une voix sûre, comme si je l'avais déjà fait. Je prends la cigarette entre mes lèvres, la cigarette passe de ses lèvres aux miennes et j'aspire la fumée. Mon corps essaye de tousser quand la fumée se répand en moi mais je l'en empêche, et je ne tousse pas. Je rends la cigarette à Elena. Elle la prend sans me regarder, les yeux levés vers le plafond.

Elle me dit : On restera toujours ensemble ? Je l'écoute. Je veux dire, on se quittera pas toi et moi, c'est sûr, on se quittera jamais, on est liés par un pacte.

Je crois que quand elle dit cette phrase, j'ai déjà conscience du fait que c'est une phrase d'adolescence, et elle aussi, je sais déjà et elle sait que ce sont les grandes déclarations qu'on prononce dans la nuit après avoir trop bu, jusqu'à un certain âge, mais ça ne me dérange pas, au contraire.

Je lui réponds : Bien sûr. On ne se quittera jamais.

J'ai légèrement honte parce que je ne sais pas faire des phrases aussi belles et aussi poétiques qu'Elena. Ma honte se dissout dans la fumée autour de nous, elle se mêle à la nuit, le vin dans mes veines la rend plus douce. Elle reprend : On vivra tous les deux et personne ne comprendra notre relation parce qu'elle ne sera pas comme les autres.

Elle dessine notre vie, Je serai journaliste et toi tu seras prof d'histoire. On habitera dans une grande maison à moitié en ruine avec des milliers de livres à l'intérieur, empilés les uns sur les autres. Le soir on écoutera de la musique classique et on ouvrira une bouteille de vin et on s'allongera pour écouter la musique ensemble. Parfois on dansera. Personne ne comprendra.

À l'instant où elle finit cette phrase, une nouvelle chanson commence dans les enceintes posées sur les étagères, entre les livres. Je lui dis Tu danses ? Nous n'avons jamais fait ça, elle n'est pas à l'aise avec son corps, elle ne danse jamais mais je lui demande et elle dit oui, je me lève et je lui prends la main et je danse avec elle, au milieu de sa chambre en désordre sous les toits, et nous dansons longtemps, longtemps, juste nous et la musique autour de nous, dans la nuit, comme si rien d'autre que nos deux corps l'un contre l'autre n'existait à cet instant, pas d'histoire, pas de passé, pas de peur, pas de souvenirs, pas de lendemain.

Je te raconte cette scène parce que, en relisant ce que j'ai écrit jusqu'à maintenant, je vois que fatalement je sélectionne des moments dans mon histoire et que j'en oublie d'autres. Il y a des choses que je ne sais pas ou que je ne veux pas raconter, et je ne veux pas que tu penses que je ne voyais Elena que comme un outil de réapprentissage de moi, je ne veux pas que tu imagines que ma relation avec elle était instrumentale. Si c'est l'impression qui ressort de ce que j'ai écrit alors j'ai tout raté. J'aimais Elena, je l'aimais plus que tout (même en écrivant ces mots je me sens stupide). Ce n'était pas une relation amoureuse, il n'y avait pas de désir entre moi et elle – je désirais les hommes, c'était clair, même si je le cachais – mais ce qui se jouait entre nous dépassait l'amitié. Je l'aimais.

Et puis il y a eu le prénom. Ma mère dit que c'est ce qui a été le plus difficile pour toi dans mon changement, c'est la seule fois où elle a mentionné une de tes réactions en face de mon devenir.

Un soir je suis arrivé chez Elena à vingt heures, comme prévu. Je portais une de mes nouvelles chemises, je l'avais lavée pour me débarrasser de l'odeur du magasin qui l'imprégnait mais elle n'était pas repassée et sur le chemin vers chez Elena j'avais tiré de toutes mes forces sur le tissu en marchant pour essayer de faire disparaître les plis. J'ai sonné et c'est Nadya qui m'a ouvert.

Bonjour Édouard.

Je n'ai pas bougé. C'était la première fois, je ne comprenais pas pourquoi elle m'appelait par un nom qui n'était pas mon nom. Elle a décelé la surprise sur mon visage,

Ça ne vous dérange pas que je vous appelle Édouard ? Au fond Eddy c'est un diminutif d'Édouard, Eddy ce n'est pas vraiment un prénom, et moi je préfère Édouard, je trouve ça beaucoup plus élégant. Ça ne vous dérange pas ?

Eddy. C'était le prénom que tu avais choisi à cause des films américains ou des séries que tu aimais à la télé, c'était toujours le nom des méchants et des voyous dans ces films et c'est pour ça que tu l'avais aimé, c'était un nom masculin, un nom de dur. Elle pensait que le prénom que tu avais choisi pour moi n'était pas un prénom. J'ai répondu à Nadya que ça ne me dérangeait pas. Elle me baptisait. Elle ne savait pas que ce nom deviendrait un jour le mien, pour toujours, que quand je serais loin d'Amiens je le ferais inscrire sur ma carte d'identité.

Elle m'a proposé de la suivre dans le salon où Elena et sa sœur étaient assises

Édouard est là

Elena a regardé sa mère, puis moi

Édouard ?

Elle a haussé les épaules. Ok, d'accord, Édouard alors. À partir de cette soirée Elena ne m'a plus jamais appelé Eddy, elle me dira le soir même après le repas allongée près de moi sur son lit qu'elle est d'accord avec sa mère, que ce nom me va mieux qu'Eddy, que c'est un nom de prince et de roi.

Nadya a demandé à la petite sœur d'Elena de jouer quelque chose au piano, Pourquoi tu ne jouerais pas un morceau pour souhaiter la bienvenue à Édouard chez nous. Elle s'est levée, elle s'est assise devant le piano et elle a commencé à jouer. La musique a envahi la pièce, belle, profonde, et en l'écoutant mon nouveau nom se répercutait en moi.

C'est à ma mère que je l'ai annoncé en premier. Elle venait de se séparer de toi, à peine une semaine avant, elle avait emballé toutes tes affaires dans des sacs-poubelle et elle les avait jetées sur le trottoir en te disant de ne plus jamais revenir. Je lui ai dit qu'à partir de ce jour je voulais qu'elle m'appelle Édouard. Elle a ri, Monsieur Édouard est noble maintenant, toujours sa formule du Monsieur pour se moquer de moi – et puis elle a parlé d'autre chose. Je ne sais pas si elle a été blessée, ou si elle a pensé que c'était une folie passagère, une révolte d'adolescent.

Quand j'y pense maintenant, peut-être que quand elle m'avait dit que tu avais été blessé par mon changement de prénom, c'est d'elle aussi qu'elle voulait parler, peut-être qu'elle avait parlé de ta blessure pour ne pas parler de sa blessure à elle.

Entretien imaginaire devant un miroir

Il y a quand même une chose assez mystérieuse... si tu étais aussi différent au départ, comment est-ce que ce rapprochement avec Elena et avec son univers a pu avoir lieu aussi rapidement ? Pourquoi est-ce que tes tentatives ratées du début pour lui ressembler ne t'ont pas détourné d'elle ?

Je l'ai dit, je l'ai répété, au collège et dans le village, le plus souvent j'étais seul parce que personne n'aurait voulu jouer avec celui qui était vu comme le pédé. Au collège, pendant les pauses, j'errais dans la cour. Parfois je réussissais à passer un peu de temps avec un groupe d'élèves mais je sentais que ma présence était lourde.

Je me souviens, je faisais semblant de chercher quelque chose dans mon sac ou dans mon casier, pendant toute la récréation, pour faire croire aux autres que j'étais occupé et que c'est pour ça que j'étais seul, pour leur faire croire que si je l'avais voulu j'aurais pu être avec d'autres personnes. Et puis ce jeu est devenu trop difficile à tenir dans la durée. Je ne pouvais pas chercher quelque chose dans mon cartable ou dans mon casier tous les jours de toute l'année, personne n'aurait pu croire à ça. Alors j'ai commencé à aller à la bibliothèque du collège, à chaque récréation, quand il n'y avait pas moyen de faire autre chose. J'avais compris que je pouvais passer mon temps là-bas, la bibliothèque était presque toujours vide, je m'installais avec un livre que je ne lisais pas et je pouvais faire semblant de lire et y passer tout mon temps sans qu'on puisse soupçonner mon exclusion.

Mais tu as passé des mois dans cette bibliothèque sans rien lire ? Les autres ne trouvaient pas ça bizarre ?

Petit à petit je me suis rapproché de la documentaliste du collège. Je pense qu'elle devait s'ennuyer un peu parfois et qu'elle était contente d'avoir quelqu'un à qui parler. Elle s'appelait Pascale Boulnois. Progressivement, c'est devenu une habitude, à chaque récréation, chaque espace de temps libre je venais à la bibliothèque et je discutais avec elle. Elle me parlait des livres, mais pas seulement, aussi d'histoire, de politique. Elle et moi, nous sommes devenus des sortes d'amis, même si j'avais onze ans et elle trente-cinq, quelque chose s'est créé entre nous, je crois qu'on peut dire que c'était de l'amitié. Quand elle partait en vacances l'été elle m'envoyait des cartes postales, des SMS. Je les recevais et c'était comme une vengeance contre ma famille, en moi, c'était comme la forme embryonnaire de ce que j'allais ressentir plus tard avec Elena et Nadya, quand je recevais ces cartes postales je me disais que j'appartenais à un autre monde que ma famille, et que je ressemblais plus à Pascale Boulnois qu'à eux. C'est comme ça aussi que j'ai commencé à changer. Parce que je n'avais pas le choix. J'ai commencé à venir à la bibliothèque seulement parce que je n'avais pas d'amis dans la cour de l'école, pour me cacher, c'est aussi bête et aussi anecdotique que ça. Et, ce que je crois, c'est que le contact prolongé avec cette femme plus âgée et cultivée a enclenché les prémices d'une métamorphose dans ma manière d'être et ma manière de penser, qu'elle m'a en quelque sorte préparé, intellectuellement, psychologiquement, pour la rencontre avec Elena quelques années plus tard, et que c'est pour ça que la rencontre avec elle a pu être aussi évidente. D'ailleurs, c'est aussi Pascale Boulnois qui m'a encouragé à aller au lycée pour y faire des études dites générales, alors que ce n'était pas habituel pour un enfant venu d'un collège comme le mien.

Et dans le village ? Tu parlais du village aussi juste avant.

Ce qui est étonnant c'est qu'exactement la même chose s'est passée dans le village. Les mercredis après-midi quand il n'y avait pas d'école les autres enfants de ma rue partaient jouer au foot ensemble et ils ne me proposaient pas de venir. À cause de ça, j'allais à la bibliothèque du village qui venait d'ouvrir, c'était un petit grenier d'une trentaine de mètres carrés aménagé par la mairie. J'y allais pour ne pas être seul. Et là-bas je suis devenu ami avec la bibliothécaire, Stéphanie Morel. Comme Pascale Boulnois elle me parlait de politique, du monde. Je lui faisais des enregistrements sur des cassettes, je me souviens, des chansons que je chantais et je lui faisais écouter, je rêvais d'être un chanteur célèbre, je regardais toutes les émissions de téléréalité et toutes les compétitions de chant, elle m'encourageait, elle me disait que j'allais devenir quelqu'un de célèbre un jour. Elle avait trente ans, j'en avais dix ou onze et elle est devenue mon amie.

Je peux m'écarter un peu du récit ? Un jour le maire du village a décidé de la renvoyer et ça a été un des jours les plus sombres de toute mon enfance. J'étais enfant mais j'ai fait une pétition contre le maire et j'ai fait le tour du village, pendant plusieurs jours, je tapais à toutes les portes, toutes les maisons, la pétition exigeait du maire de garder Stéphanie. Je rentrais chez mes parents, à dix, onze heures du soir, avec mes piles de signatures, les chaussures pleines de boue parce qu'à l'époque, au début des années 2000, beaucoup de trottoirs du village étaient encore recouverts de terre, pas encore bétonnés, comme si le village vivait dans une autre époque que le reste du monde. Quand j'ai considéré que j'avais tapé à toutes les portes sans exception – j'avais recueilli plusieurs centaines de signatures, plus de la moitié du village –, j'ai apporté la pétition à Stéphanie, et j'en ai déposé un autre exemplaire dans la boîte aux lettres du maire. Stéphanie a pleuré. Elle m'a dit qu'il était trop tard et j'ai pleuré avec elle, dans son salon, à côté du feu de cheminée qui dégageait une odeur de cendre.

Je déteste les récits des enfances sauvées par les livres et les bibliothèques, je les trouve naïfs. Mais je dois le dire, ces deux femmes, Stéphanie Morel et Pascale Boulnois, ont fait partie de celles qui m'ont sauvé, sans qui je n'aurais jamais pu fuir, m'inventer une nouvelle vie. Sans elles la rencontre avec Elena n'aurait jamais pu avoir lieu.

Les émotions contiennent en elles-mêmes la possibilité de leur propre mutation, l'amour en jalousie, le ressentiment en haine, l'inquiétude en angoisse, le désir de vengeance en désir de revanche. Avec le temps – surtout pendant la dernière année au lycée – quand j'étais mieux intégré au monde d'Amiens, quelque chose a basculé, la mutation s'est opérée en moi, à peine perceptible dans son mouvement : je ne voulais plus seulement ressembler aux autres, mais je voulais aller plus loin qu'eux. Je voulais leur montrer que je pouvais faire des choses qu'aucun d'eux n'aurait pu faire, accomplir des exploits et réussir ce qu'ils n'auraient jamais pensé pouvoir réussir. Je le disais à Elena et elle m'encourageait : *Prouve-leur que tu es meilleur qu'eux.*

Voilà ce qui s'est passé : le désir de vengeance contre mon enfance, celui qui m'avait amené à Amiens, s'était mué en un désir de revanche – plus seulement contre mon enfance mais contre le monde entier. Quand je pensais au futur je ne pensais plus seulement à toi, à notre famille et à mon obsession de me distinguer du monde que nous avions partagé, mais à tous les autres.

Il suffisait que je rencontre une nouvelle personne et que cette personne me parle de ses ambitions, de ses projets pour que je pense : *je dois aller plus loin.* La fois où

ycée m'a dit qu'elle rêvait d'entrer à l'uni-
ford, et qu'elle avait précisé : une des plus
ersités du monde, j'avais passé la soirée sur
ercher ce qu'était l'université d'Oxford, à
me promettre que moi aussi je pourrais y entrer si je le voulais et qu'en le faisant je surprendrais Elena, Nadya, tous mes amis à Amiens, et que leur surprise rayonnerait sur toute ma vie depuis ma naissance.

Une question s'est imposée au centre de ma vie, elle a concentré toutes mes réflexions, occupé tous les moments où j'étais seul avec moi-même : comment est-ce que je pouvais prendre cette revanche, par quels moyens ? J'essayais tout. Comme au collège je participais à tous les clubs, toutes les associations, le comité de lecture, le club de haïkus, l'atelier cinéma. Je voulais exister et exister c'était me démarquer. Quand il avait fallu qu'un élève sur plus de mille écrive et lise un discours sur la résistante de la Deuxième Guerre mondiale, Madeleine Michelis, celle qui avait donné son nom au lycée, je m'étais proposé et j'avais lu ce discours que j'avais écrit moi-même devant tout le lycée réuni. C'est idiot mais je m'étais senti important, c'est moi qui avais écrit ce discours et pas un des mille autres élèves qui pourtant étaient nés avec beaucoup plus de chances, de culture générale et de facilités linguistiques. Je faisais en sorte d'être élu à tous les conseils d'administration, tous les conseils de la vie lycéenne, toutes les instances administratives du lycée auxquelles un élève pouvait participer et j'étais grisé quand j'entrais dans les salles de réunion.

Quand les dates des épreuves du bac ont été annoncées j'ai pensé qu'il fallait réussir à dépasser tous les autres – tu ne sais rien de tout ça, rien de ce qui se jouait en moi à cette époque de ma vie. Pendant les deux ou trois mois avant les examens j'ai travaillé de toutes mes forces, jusque tard dans la nuit, le midi au moment des pauses déjeuner, le matin dans le bus. Je passais mes week-ends avec Elena à la bibliothèque municipale pour réviser, des amis nous proposaient d'aller au parc avec eux pour la journée, c'était le printemps, il faisait beau, et je tirais une forme de fierté à leur dire non, à dire que je préférais travailler. Le matin de l'annonce des résultats je suis allé attendre avec Elena dans le McDonald's près du lycée. Elle avait peur de décevoir ses parents, j'avais peur d'échouer dans mon rêve de revanche. Elle me tenait la main sous la table sur laquelle on buvait des cafés dans des gobelets en plastique. Elle me caressait les cheveux en chuchotant, Ça va aller, ça va aller. Quand nous sommes arrivés dans la rue du lycée, j'ai cherché mon nom et celui d'Elena sur les affiches collées aux murs et j'ai vu que j'avais réussi les examens et elle aussi. J'avais une mention, nous avons hurlé de joie et elle m'a pris dans ses bras. Sa mère Nadya nous a invités à faire une fête chez elle le soir et pendant cette soirée j'ai décidé que je m'inscrirais au département d'histoire de l'université, comme Elena, pour l'imiter. J'allais devenir étudiant, le mot étudiant me coupait radicalement de toi et de notre monde, dans le village quelqu'un qui disait *Je suis étudiant à l'université* était comme quelqu'un qui disait *Ma maison de campagne* ou *Ma femme de ménage*, comme une expression qui marquait une frontière nette, définitive, infranchissable – et je passais de l'autre côté de cette frontière.

Surtout, il y avait la politique. Pendant la deuxième année à Amiens j'avais adhéré à un parti d'extrême gauche. Je l'avais fait contre mon enfance et contre le village, pour continuer ma différenciation, parce que dans le village une majorité des habitants soutenaient les partis d'extrême droite, que partout, à la boulangerie, sur la place de l'église, dans les rues, les mêmes phrases étaient répétées, toujours : On est plus chez nous, C'est plus la France c'est l'Afrique, et que j'avais dans ma métamorphose voulu rejeter toutes ces idées que mes soirées chez Nadya m'avaient appris à identifier comme primaires. Je l'avais fait bien sûr à cause de mon dégoût pour l'injustice et pour la pauvreté, parce que je les avais connus et éprouvés dans mon corps. La troisième raison, la moins noble, c'est justement que la politique me permettait d'exister aux yeux des autres et donc d'aller encore plus loin dans ma revanche – j'aurais préféré te dire que mon engagement politique était purement lié à ma révolte contre le monde, mais ce serait un mensonge, je dois te raconter ce qui par définition est le plus difficile à raconter, le moins avouable. Quelques mois avant les épreuves du bac un mouvement de protestation contre le gouvernement s'était formé ; j'y participais, j'organisais les rassemblements, les manifestations, je

mettais en contact les différents lycées de
élaborer des stratégies. Petit à petit, je suis d
meneurs du mouvement. Je prenais la par
devant des centaines de personnes avant
manifestations, je portais les banderoles en tête des cortèges, les journaux locaux m'interviewaient – jusqu'au jour où j'ai reçu cette invitation à venir débattre à la télévision, juste avant que ma mère ne te chasse de la maison, quand tu vivais encore avec elle. C'était une émission de la télé régionale, l'émission qu'une grande partie des habitants du village regardaient, que toute notre famille regardait.

Je t'ai dit que j'avais été invité, que j'avais accepté et tu t'es retrouvé face à une situation paradoxale : tu détestais mon engagement politique à gauche puisqu'il était à l'opposé de ta vision du monde – tu n'étais pas idiot, tu avais compris qu'un des objectifs était de me démarquer de toi – mais la télé avait toujours été le centre de notre vie, elle nous fascinait. C'était elle qui nous aidait à lutter contre l'ennui, elle qui nous reliait au monde et grâce à ce pouvoir qu'elle avait sur nous tu ne pouvais pas t'empêcher de ressentir une forme de respect et d'admiration pour les personnes que tu voyais à l'écran.

Quand je t'ai annoncé que j'étais invité j'ai vu l'émotion dans ton regard. Tu as sans doute pensé que ton fils avait réussi, plus loin que tout ce que tu aurais pu imaginer. Ton fils allait passer à la télévision, les voisins allaient le voir. Alors tu as cédé, malgré tout ce que tu détestais dans mon engagement.

C'est ma mère qui m'a raconté la suite. Le soir du débat tu as réuni deux ou trois de tes copains pour qu'ils viennent me regarder avec toi. Tu avais acheté du pastis

…es paquets de gâteaux salés. Ma mère m'a dit que tu avais placé les chaises en demi-cercle dans la pièce commune, face à l'écran, comme au cinéma, et que toute la journée tu n'avais pas cessé de sourire.

Le soir tes copains sont arrivés. Ils se sont assis, tu les as servis et vous avez attendu.

Moi de mon côté, j'entrais dans les studios de télévision, on m'avait emmené dans une petite loge où j'étais maquillé, et je tremblais d'émotion, d'être dans cette situation, d'être une personne qu'on maquillait dans un studio – je n'aurais jamais pensé aller aussi loin, moi aussi j'avais des pensées comme celle-là, je ne voyais pas que ce n'était qu'une petite émission régionale, et j'imagine que l'espace d'un instant tes pensées et les miennes se sont rencontrées.

Mais quand l'émission a commencé et dès que j'ai ouvert la bouche, j'ai parlé des lycéens et étudiants sans papiers expulsés du territoire français, du racisme de l'État français. J'avais préparé ce retournement en pensant à l'interview pendant l'après-midi. J'étais invité à parler d'autre chose, mais je disais au présentateur qu'il fallait d'abord parler des sans-papiers, j'y revenais dans presque toutes mes réponses. Je tremblais mais j'essayais de ne pas le montrer.

Ce que ma mère m'a dit c'est que quand j'ai parlé face au journaliste tu n'as plus souri. Elle dit que tu as froncé les sourcils et que ton visage est devenu pourpre. Elle dit que tu as laissé l'émission encore un peu, comme si tu voulais me donner une chance, le temps de comprendre ce que je disais, ce que je te faisais et puis tu t'es levé. Tu as éteint l'écran, et tu as dit avec une voix faussement décontractée On va pas regarder ces conneries-là on a qu'à parler.

Je t'avais blessé. Tes copains Gébé et Titi ont compris mais ils n'ont rien dit. Ils savaient que tu les avais convoqués pour l'émission. Tu as discuté avec eux comme si la situation était normale mais tu parlais trop vite, tes gestes étaient brusques, il y avait quelque chose d'inhabituel dans ton attitude.

Je suis rentré tard, presque au début de la nuit (je ne sais pas pourquoi je n'étais pas allé chez Elena), l'odeur de graisse dans la maison à cause de la nourriture que ma mère faisait frire, l'odeur forte du fioul, le bruit de la télé. Tu es venu vers moi, tu m'as attrapé par le col et tu m'as dit Pourquoi tu as fait ça ? Pourquoi tu m'as foutu la honte comme ça à parler des conneries de sans-papiers ?

(Je dois être juste et ne pas oublier de dire quelque chose, c'est que tu protestais contre mon engagement politique pas seulement parce qu'il était à l'opposé de ta conception du monde, mais aussi parce que je participais à des manifestations illégales, que souvent j'étais frappé et gazé par la police, et que tu avais peur que mon activisme me pose des problèmes avec la justice, qu'à cause de mon activisme toute mon ascension sociale en cours s'effondre et que tous mes efforts soient réduits à rien, je le sais parce que quand je rentrais après une manifestation, avec des bleus sur la peau ou sur les vêtements des autocollants À bas le capitalisme, Nos vies valent plus que leurs profits, Liberté pour le peuple palestinien ou France État raciste, tu me disais : Qu'est-ce que tu veux faire maintenant tu veux devenir un voyou et avoir un casier judiciaire ? Tu veux te faire virer de ton lycée ? et dans tes mots il y avait moins de colère que d'inquiétude.)

De toute façon les retours dans le village étaient devenus presque impossibles avant l'histoire de l'émission de télévision, déjà depuis les premiers week-ends quand je rentrais de chez Elena. La situation continuait de se dégrader. J'avais trop changé. Ma vie à Amiens était partout dans mon corps, la présence d'Elena colonisait tous mes mouvements, toutes mes conversations.

Un jour fatalement de l'impossibilité de ces retours est née une rupture. Je dînais avec Elena, sa sœur et ses parents. C'était juste après la fin du lycée et les résultats du baccalauréat, avant mon entrée à l'université. Il y avait les bougies, la table décorée par des fleurs et des petites statues de bronze, la musique classique en fond sonore – la plupart du temps le *Requiem* de Brahms, la musique que le père d'Elena préférait. Ce soir-là j'arrivais de chez ma mère, j'avais dû rentrer au village quelques jours pour travailler à la boulangerie et gagner un peu d'argent.

La sœur d'Elena nous parlait de ses dessins quand Nadya qui passait derrière moi m'a demandé, Mais vous fumez Édouard ? Excusez-moi de vous le demander mais j'ai remarqué que vos vêtements sentaient le tabac. Je ne me souviens pas si j'ai rougi. C'était l'odeur des cigarettes de ma mère, la fumée de ses cigarettes avait imprégné le pull que je portais. J'ai dit à Nadya, Non, non, je reviens de chez ma mère et elle fume beaucoup (murmures du *Requiem* de Brahms, son des instruments mêlé à nos voix). Nadya a haussé les sourcils : Mais elle ne fume pas à côté de vous dans la même pièce quand même ? J'ai répondu que si, qu'elle fumait un paquet de trente cigarettes par jour dans la même pièce que moi, depuis ma naissance, que tu l'avais fait aussi pendant des années avant que ma mère ne te chasse, que je n'avais pas de souvenir de mes parents ne fumant pas, et puis il y avait en plus mon grand frère et ma grande sœur qui fumaient – ma mère avait voulu les en empêcher mais tu répondais que c'était leur choix, qu'ils en avaient le droit. L'expression sur le visage de Nadya s'est transformée. Elle est passée de la surprise à l'indignation, au dégoût, Vous voulez dire que vous avez respiré plus de cent cigarettes par jour pendant votre enfance dans un espace fermé ? J'ai répondu oui. Je n'y avais jamais pensé avant, pendant que je vivais avec ma mère et toi, ça avait été une chose naturelle, une des composantes de l'atmosphère de la maison, autant que la télévision allumée même quand on ne la regardait pas. Nadya m'a interrogé encore, Vraiment ? et je sentais une colère nouvelle qui montait en moi. J'ai fait oui de la tête, j'avais inhalé toute cette fumée depuis le premier jour de ma vie, et la mère d'Elena a crié Quelle horreur, vous savez que les enfants qui ont grandi dans le ventre d'une mère fumeuse et qui ont été exposés à la cigarette pendant leur enfance ont beaucoup plus de chances de développer un cancer à l'âge adulte ? Moi je n'aurais jamais infligé ça à mes enfants !

Nous avons parlé d'autre chose mais toute la soirée la colère a continué à se répandre en moi, sous ma peau. La semaine d'après, quand je suis retourné au village pour travailler et qu'elle a allumé une cigarette j'ai demandé à ma mère d'aller fumer dehors, dans la cour derrière. Elle m'a regardé comme si j'étais fou et elle m'a dit, Il se prend pour qui le petit con là, je suis chez moi je fais ce que je veux. C'est là, quand elle a dit cette phrase que j'ai tapé du pied contre le sol et que j'ai crié, Non ! Tu fumes dehors ! Je lui ai dit qu'elle n'avait pas le droit de faire ça. Elle m'a regardé avec surprise ; elle ne comprenait pas pourquoi soudainement je considérais comme un problème le fait qu'elle fume à côté de moi – elle, alors que je n'en avais jamais parlé avant, que pendant seize ans cette situation n'avait jamais été un problème. Je ne pouvais plus m'arrêter. Je lui disais qu'à cause d'elle à dix ans mes poumons étaient déjà empoisonnés, c'est vrai, j'avais lu des articles sur Internet après la conversation avec Nadya, je lui disais qu'elle était égoïste, je criais, je criais qu'elle était une mauvaise mère, incapable d'élever des enfants, et il n'y avait pas que ça, j'étais en colère aussi qu'elle m'ait dit petit con, je n'avais plus l'habitude de phrases comme celle-là, Nadya ne disait jamais de phrases comme ça à ses filles, des phrases qui dans mon enfance me paraissaient normales du jour au lendemain depuis que je connaissais Elena me paraissaient violentes, agressives, je revoyais mon enfance et depuis que je connaissais Elena je ne distinguais plus qu'un champ de ruines et de violence, comme si j'avais vécu la violence de mon enfance dix ans après l'avoir vécue – mais c'est quand j'ai dit à ma mère les mots mauvaise mère qu'elle s'est énervée et qu'elle a hurlé J'ai élevé cinq gosses c'est pas toi qui vas me dire comment je dois élever des gosses, moi j'ai cinq gosses ils sont tous en bonne santé et ils sont bien polis, à part toi maintenant qui te prends pour je sais pas quoi, mais moi je ne la laissais pas finir, je ne voulais pas la laisser finir ses phrases, je criais Arrête !!!!! Je criais Je sais ce que tu vas dire, arrête, tu répètes toujours les mêmes phrases j'en peux plus, je criais On dirait que tu connais que dix phrases et que tu les répètes en boucle, je la méprisais, et je n'arrivais pas à me contrôler, c'est trop tard, je ne pouvais plus m'arrêter, je sentais des larmes qui coulaient sur mes joues en lui parlant et pourtant je n'étais pas triste, ce n'étaient pas des larmes de tristesse mais des larmes de rage, je lui disais, À cause de toi je vais crever putain, tu m'as fait respirer ta cigarette pendant toute mon enfance, tu te rends compte de ce que tu m'as fait, tu m'as détruit, tu as détruit mon corps, en plus de m'avoir jamais rien appris, en plus de m'avoir jamais fait lire de livre ou emmené au musée, à cause de toi j'arrive à rien à Amiens, tu le sais ça qu'à cause de toi je sais rien par rapport aux autres à Amiens, à cause de toi je suis nul, et en plus de ça tu m'as broyé la santé, je disais des phrases les plus tragiques et les plus blessantes possibles, mais je ne réfléchissais pas, je ne choisissais pas de les dire, elles sortaient de ma bouche sans que j'y réfléchisse, je disais De toute façon tu n'es pas une mère, tu n'es pas une mère, tu ne mérites pas d'être une mère, j'aurais tellement aimé que Nadya soit ma mère à ta place elle est tellement intelligente et tellement mieux que toi, pourquoi c'est toi ma mère et pas elle pourquoi je suis tombé dans cette famille et c'est là qu'elle a crié Arrête !!!!!!!!!!!!!!!!!!!!!!!!!!!!!!!! Elle n'avait jamais crié comme ça, aussi fort et aussi longtemps. Elle s'est approchée de moi, et elle a commencé à me donner des coups de poing, pas des claques mais des coups de poing, elle serrait les poings et elle les lançait vers moi de toutes ses forces, de toute sa rage, sans regarder où elle visait, et elle criait J'en peux plus de vous tous, j'en peux plus de cette vie de merde vous me lâcherez jamais vous me lâcherez jamais je serais jamais heureuse avec des connards comme vous et je criais Arrête, arrête de me taper putain, t'es vraiment qu'une putain d'espèce de folle, et je criais, Je te déteste, je te hais, je veux pas que tu sois ma mère, et les larmes, les cris, les larmes, les cris. Après un moment elle s'est arrêtée, essoufflée. Je pleurais, mes bras devant mon visage pour le protéger de ses coups. Elle pleurait aussi. Elle me regardait comme un monstre.

Après cette dispute j'ai compris que je ne pouvais plus revenir au village le week-end.

J'étais devenu un autre.

Une nuit, cet autre que j'étais devenu est allongé sur le lit d'Elena, près d'elle, et il fixe le plafond dans l'obscurité. Il pense aux prochaines fois, celles où il devra revenir dans la maison de son enfance. Dans le silence de la chambre, à côté d'Elena endormie, le souffle d'Elena sur son visage, il pense : C'est fini. Il pense : Je ne peux plus c'est fini je ne peux plus retourner là-bas il faut que ce soit fini.

Il essaie de ne pas faire de mouvement trop brusque, il sent l'intérieur de son corps et la surface de sa peau qui s'agitent comme toujours ces soirs où, dans son lit, il se projette dans une vie future, comme si son corps avait trop hâte de ce futur et qu'il voulait se mettre en mouvement pour le faire advenir le plus vite possible, comme si le mouvement, la friction de ses cellules et de l'oxygène autour de lui pouvait accélérer le temps.

Alors il se concentre pour ne pas bouger et pour ne pas réveiller Elena et il pense, il n'arrive pas à ne pas penser : Je ne peux plus retourner là-bas parce que retourner c'est redevenir je ne peux plus il faut que je trouve une solution quelque chose je ne peux plus continuer ça c'est fini ça doit être fini il faut que ça finisse.

Il voudrait ne plus devoir retourner chez ses parents, ou plutôt chez sa mère depuis le départ du père, ne plus la voir. Ce n'est pas seulement à cause des disputes. Il pense que de continuer à voir sa famille l'empêche d'aller plus loin dans sa transformation. Quand il revient dans le village il sent qu'à leur contact il reprend les manières et les attitudes de son passé, il redevient comme avant, beaucoup plus facilement qu'il ne voudrait l'admettre, et il a peur, peur de penser que tous ces efforts pour changer n'ont produit qu'un résultat superficiel, peur de se dire qu'il a seulement appris à jouer un rôle mais qu'en réalité là quelque part sous la surface de sa peau il est resté le même, peur aussi à l'idée de penser qu'il a tant lutté et qu'en dépit de ça le passé est encore dans sa vie, qu'il ne s'en est pas totalement débarrassé.

Les jours d'après il continue de réfléchir. Il en parle à Elena et c'est elle qui lui propose d'essayer de trouver un travail au grand théâtre d'Amiens, la Maison de la culture. Elle lui raconte que c'est là-bas que beaucoup d'étudiants travaillent, ce n'est pas un travail trop difficile, il suffit d'ouvrir les portes du théâtre, de contrôler les entrées, d'arracher les tickets de ceux qui entrent, ensuite il faut s'asseoir dans la salle et surveiller que tout se passe bien pendant les représentations, ceux qui font ce travail voient donc les spectacles, toute l'année, gratuitement, c'est pour ces raisons-là que les étudiants veulent travailler là-bas, ne pas trop se fatiguer, garder leur énergie pour les études, et voir les spectacles à volonté. Elle lui dit qu'avec son salaire il pourra prendre un petit studio et ne plus retourner chez sa famille le week-end.

Le jour même il se met au travail, il écrit un CV, il l'imprime, il met sa plus belle chemise, une cravate, il fait le nœud Windsor qu'il a appris avec Elena, son pull jacquard noir à carreaux bleus et fines lignes blanches, et il marche vers la Maison de la culture pour donner le CV qu'il vient d'écrire.

Sur le chemin vers le théâtre, l'excitation monte, il se voit déjà avoir une nouvelle vie, ne plus fréquenter sa famille, rompre tous les liens avec eux et vivre dans une minuscule chambre sous les toits avec Elena. Il imagine une vie d'artiste partagée avec elle, les pièces de théâtre et les concerts de musique classique qu'il pourra voir gratuitement grâce à son travail, il s'imagine s'endormir dans sa minuscule chambre, sans famille, sans autre famille qu'Elena, et sans s'en rendre compte, il sourit. Il pense : Je donnerai tout pour avoir ce travail-là, je donnerai tout pour l'avoir, une phrase aussi banale vue depuis l'extérieur et avec des années de distance, mais au moment où lui pense cette phrase-là rien ne peut lui donner autant de force, rien n'est plus puissant et plus porteur de désir que cette succession de mots.

Il arrive au théâtre et il va demander à l'accueil qui il doit voir pour donner un CV. La femme à l'accueil est froide, elle le regarde à peine, elle doit penser qu'il s'agit seulement d'un des cinquante ou soixante étudiants en théâtre de la journée qu'elle verra, elle garde le visage fixé vers son écran d'ordinateur et elle lui dit : déposez-le-moi ici je vais le transmettre. Puis elle ajoute : on ne cherche personne je préfère être honnête avec vous – elle s'appelle Christiane, plus tard, quand Édouard travaillera ici avec elle, qu'il réalisera ce rêve, il se rendra compte qu'elle n'est pas cette femme froide et dure mais au contraire une personne douce, drôle, généreuse, mais pour l'instant il ne le sait pas, pour l'instant il ne sait rien.

Édouard voudrait crier et lui dire qu'il n'est pas comme les autres, il voudrait lui promettre qu'il ne ressemble pas à la centaine de lycéens et d'étudiants qu'elle verra dans la journée, il voudrait lui raconter le voyage – le voyage social qu'il a déjà accompli pour être ici, devant elle, ses combats, ses efforts, il voudrait lui dire que sa seule présence devant elle, aujourd'hui, est déjà le résultat d'une lutte acharnée, et c'est au moment où ces pensées le traversent, la femme de l'accueil le visage toujours fixé à son écran d'ordinateur, qu'une autre femme apparaît par une porte derrière l'accueil, une petite femme blonde, maigre, avec des cheveux courts et une aisance dans ses mouvements qui donne à Édouard l'impression que son corps à lui est courbé.

La femme de l'accueil dit à l'autre femme qui vient d'apparaître : Ah Babeth, c'est toi.

Elles s'embrassent, comme s'il n'était pas là, quand Babeth fait des mouvements des effluves d'un parfum doux et légèrement sucré se diffusent autour d'elle.

La femme de l'accueil saisit la feuille de papier qu'Édouard vient de lui remettre et elle dit à Babeth, Tiens d'ailleurs c'est pour toi c'est le jeune homme qui vient de la déposer. Babeth se tourne vers Édouard comme si elle n'avait pas remarqué sa présence avant, elle glisse son regard sur lui qui essaie de se tenir droit, qui se sent toujours aussi courbé devant l'aisance de la femme en face de lui et la délicatesse de ses manières, comme si la posture d'un corps n'était pas une chose en soi mais une relation à d'autres postures, que la position d'un corps ne se définissait pas par le corps lui-même mais par la relation à d'autres corps, il essaie de se redresser et Babeth sourit, elle lui demande Alors comme ça vous voulez faire partie de la maison. Il voudrait hurler Oui, pitié, je vous en prie, acceptez-moi, je ne suis pas comme les autres, il voudrait lui dire qu'elle est son seul espoir, que peut-être si elle ne l'accepte pas ce refus sera le point de départ de sa chute et que tout ce qu'il a fait jusque-là n'aura servi à rien, qu'il devra retourner au village et peut-être travailler à l'usine comme son père et son grand-père et son arrière-grand-père avant lui, on ne sait jamais, ces choses-là arrivent, il le sait, la chute commence toujours quelque part, peut-être que sans ce travail il devra devenir serveur dans un bar et que la pénibilité et la difficulté de ce travail lui causeront trop de fatigue et qu'à cause de la fatigue il ne réussira pas ces études et que sans diplôme il devra retourner dans le village et se faire embaucher à l'usine comme la plupart des hommes, ou essayer de survivre de petits boulots puisque l'usine est presque fermée, ou travailler aux caisses du supermarché comme sa cousine, ces histoires-là ne sont pas rares, elles arrivent, il le sait, c'est une possibilité, les pensées s'enchaînent en lui, il a peur de cette chute progressive, c'est un risque qui existe. Il se contente de lui sourire et de lui répondre : Oui, j'aime le théâtre plus que tout au monde, je voudrais tellement travailler ici.

Il ne sait pas si c'est à cause de sa phrase ou de son regard, peut-être à cause de son intonation, peut-être qu'elle sait lire dans les pensées et qu'elle a entendu toutes les phrases qui viennent de hurler en lui, elle lui dit, Venez avec moi dans mon bureau alors, on va discuter.

Il aurait envie de crier de joie dans l'immense hall du théâtre, il voudrait regarder la femme de l'accueil, celle qui avait été si froide d'abord et qui deviendra son amie plus tard, ce jour-là il voudrait lui dire : Prends ça, il se sent grand tandis qu'il traverse le hall derrière Babeth, le son de ses talons sur le sol de pierre lisse, mais il se contient, il pense : ce n'est pas encore fini, l'épreuve n'est pas encore terminée, elle n'a pas commencé, il voudrait dire à Babeth son élégance, lui dire qu'elle est belle, majestueuse, il voudrait la flatter pour qu'elle l'aime et qu'elle lui donne ce travail (Elena se moquait toujours de son obsession d'être aimé, de son obsession des autres, elle lui disait qu'il était un éternel flatteur, elle ne comprenait pas qu'il voulait être aimé parce qu'il voulait survivre, qu'il voulait être aimé par peur de la chute).

Pourquoi est-ce que Babeth avait été si douce la première fois, pourquoi est-ce qu'elle l'avait emmené dans son bureau alors qu'elle recevait des dizaines de CV comme le sien tous les jours ? Peut-être qu'elle l'avait déjà vu venir au théâtre avec le lycée, peut-être qu'elle connaissait son visage mais ce n'est pas une explication suffisante.

Pourquoi est-ce qu'elle a décidé de le protéger et pourquoi les années d'après quand il travaillera au théâtre elle le traitera presque comme un fils, soucieuse de tout, de toute sa vie, de ses études, de sa santé, de son bonheur, l'encourageant à toujours aller plus loin, faire plus, l'encourageant à *devenir quelqu'un* comme elle le disait, le regardant toujours autrement que les autres, excusant tous ses retards au travail, tous ses faux pas, alors qu'elle sera d'une sévérité et d'une exigence parfois trop grandes avec tous les autres ? Est-ce qu'elle avait lu toute son histoire écrite sur son visage ?

Dans son bureau elle lui propose une tasse de café. Elle s'assied, les jambes croisées, le buste légèrement relevé, son corps qui une fois de plus, différentiellement, courbe le corps d'Édouard, elle dit : Alors comme ça vous adorez le théâtre ?

Il dit oui. Il dit qu'il a étudié le théâtre au lycée, qu'il fait neuf, dix heures de théâtre par semaine et qu'il veut devenir acteur, il dit qu'il ne veut pas l'assommer avec sa vie mais que pour lui le théâtre a été plus qu'un art, il a été un instrument de réinvention de sa vie, parce que grâce au théâtre il a été le premier dans sa famille à aller au lycée et parce que grâce au théâtre il a appris qu'on pouvait jouer des rôles, c'est-à-dire produire un écart par rapport à sa vie, sa vie imposée, son passé, son histoire familiale, le théâtre lui a fait comprendre que s'il voulait être autre chose ou quelqu'un d'autre, peu importe, alors il fallait le jouer, jusqu'à le devenir, il a compris qu'il n'y avait rien d'autre que des rôles. Elle le regarde, impressionnée, silencieuse. Il entend son souffle, très léger. Il se demande si sa déclaration n'était pas un peu ridicule, pas un peu trop proclamatoire, peut-être qu'il a trop parlé, qu'il est allé trop loin. Son cœur tape dans sa poitrine, même ça il a peur qu'elle entende, il essaie de se rattraper, il dit : Pardon peut-être que c'est bête ce que je dis.

Elle inspire délicatement par le nez, elle sourit et elle lui dit Non pas du tout pourquoi ce serait bête, je ne vois pas ce qu'il y a de bête à être passionné. Ce qui est bête c'est l'absence de passion. Il n'arrive pas à interpréter les signes, il ne sait pas si elle lui dit ça par politesse, par pitié pour ce pauvre garçon perdu ou si elle le pense vraiment. Mais le sourire sur son visage le rassure, ce n'est pas un sourire normal, ce n'est pas un sourire de politesse ou de moquerie, c'est un sourire qui l'enlace, c'est ça qu'il se dit, le sourire de Babeth ressemble moins à un sourire qu'à l'action d'un corps qui en enlace un autre.

Elle prend un air un peu plus sévère tout à coup, comme si elle se mettait à jouer un rôle à son tour, elle lui demande : Mais vous êtes un garçon sérieux ? Vous savez que je suis intransigeante, je n'hésite pas à renvoyer quelqu'un qui ne fait pas bien son travail, j'ai des responsabilités dans cette maison, elle dit Je ne suis pas là pour me faire des amis je suis là pour que cette grande maison garde son prestige, mais bizarrement son visage la contredit, il la trahit, elle dit qu'elle n'est pas une amie mais son visage quand elle prononce ces mots est celui d'une amie, il en a les marques, les nuances.

Il répond qu'il a déjà travaillé, dans les colonies de vacances l'été, qu'il travaille souvent dans la boulangerie du village où il a grandi, il n'a que dix-sept ans mais il a déjà beaucoup travaillé, il voudrait ajouter : Je vous le jure. Il est en train de dire cette phrase quand un homme entre dans le bureau, le corps étrangement animé par les mêmes mouvements que celui de Babeth comme si c'était la fonction qu'ils occupaient dans le théâtre qui leur avait donné un corps, et tandis qu'il s'avance vers elle avec un dossier bleu pâle dans les mains, elle dit : Tiens Christophe je te présente Édouard, il va travailler avec nous au théâtre.

*

Le lundi suivant il est convoqué à la Maison de la culture d'Amiens pour signer son contrat de travail. Sur le chemin du théâtre il pense que cette signature est une rupture de plus dans sa vie. Il va travailler dans un théâtre, personne dans sa famille n'aurait eu ni l'idée ni même la possibilité de le faire. Dans son bureau Babeth lui tend le contrat de travail qu'il doit parapher, page par page. Elle lui montre le pantalon de costume noir et la chemise violette qu'elle vient d'acheter dans un magasin du centre-ville, Burton, et qu'il va devoir porter, encore enveloppés sous une fine couche de plastique, et puis elle l'emmène dans une petite salle dissimulée derrière le bureau de l'accueil. Dans cet espace étroit et sans fenêtre les murs sont recouverts de casiers pour les ouvreurs – c'est le nom de son nouveau métier. Elle pointe du doigt le casier qui lui est attribué en disant qu'elle va y coller une étiquette ; et puis, après une ou deux secondes de silence, elle s'éclaircit la voix, Est-ce que tu veux que je mette Eddy ou Édouard ? Quand on s'est rencontrés tu t'es présenté en disant Édouard mais sur les papiers d'identité que tu m'as envoyés j'ai remarqué qu'il était écrit Eddy. Et sans le laisser répondre elle ajoute, C'est comme tu veux, on peut mettre le nom que tu veux, ici tout le monde est libre.

Il voudrait la prendre dans ses bras (je me rends compte aujourd'hui qu'écrire mon histoire c'est écrire l'histoire de ces femmes qui se sont succédé pour me sauver, Pascale Boulnois, Stéphanie Morel, Aude Detrez,

Martine Coquet, Elena, Babeth, que mon histoire est celle de leur volonté et de leur générosité).

Il chuchote, à peine, Je préfère Édouard si c'est possible mais il ajoute aussitôt que bien sûr si c'est trop compliqué, puisque ce n'est pas ce nom qui apparaît sur son contrat et sur ses papiers, elle peut mettre Eddy, il dit qu'il comprendrait, qu'il n'y a aucun problème, il est conscient des impossibilités administratives, il s'excuse de sa réponse, comme s'il demandait pardon pour sa métamorphose, et comme toujours Babeth sourit avant de le reprendre Mais tu es sourd ou quoi, je viens de t'expliquer que c'était toi qui choisissais. D'ailleurs moi je trouve qu'Édouard ça te va beaucoup mieux, ça s'accorde beaucoup mieux à la douceur de ton visage.

Trois ou quatre fois par semaine, maintenant, il traverse la ville pour travailler au théâtre. Il y retrouve Léa, Satine, Lucas, Alexandre, Cécile, tous des artistes en devenir ou des étudiants qui travaillent là-bas pour payer leurs études. Ils sont pour lui des miroirs de son devenir, il est gonflé d'orgueil d'être entouré d'artistes et de gens qui quand ils ont du temps libre vont au théâtre, aux concerts, qui lisent des essais et des romans ; dans le processus du changement ceux qui nous entourent sont aussi importants que ce qu'on devient et il compare ses collègues du théâtre aux copains de son père, aux gens qui passaient chez ses parents dans son enfance, en fin d'après-midi et avec qui son père regardait la télé en buvant des verres de pastis.

Quand il arrive au théâtre il entre dans la pièce aux casiers derrière l'accueil et il voit les sept lettres de son nouveau prénom se détacher de l'étiquette imprimée par Élisabeth.

Édouard n'est plus seulement un nom qu'Elena lui donne et qu'il prononce, ce n'est plus seulement un son qui existe à l'intérieur de la voix de Nadya, d'Elena et de la sienne mais il est inscrit dans l'objectivité du monde sur ce morceau de carton collé à son casier, imprimé, il est possible de le saisir, de le toucher. Ce qu'il se dit c'est qu'un son n'est pas une preuve mais un écrit, oui. Sa métamorphose est visible, là, pour l'humanité tout entière.

Un souvenir : le lycée nous avait emmenés à la mer pour une sortie scolaire. J'étais avec Elena. Images du Nord, tout était gris et froid, il pleuvait sur la mer, même le sable était gris. Je marchais à l'écart du groupe avec elle. Elle avait proposé, On plonge ? Et j'avais couru à côté d'elle jusqu'à la mer, mon corps à côté du sien, ma main dans sa main, nos rires. Elle avait plongé, et j'avais plongé aussi, tous les deux entièrement habillés, l'eau était glaciale. Même dans la mer je ne lâchais pas sa main.

Au retour quand les adultes qui nous accompagnaient ont vu nos habits imbibés d'eau salée et glaciale ils ont été tellement surpris qu'ils n'ont même pas pensé à nous punir.

Maintenant il fallait trouver l'appartement.

J'ai commencé à chercher mais les appartements coûtaient trop cher, l'argent de la Maison de la culture n'était pas suffisant, il fallait emménager avec quelqu'un d'autre ; j'ai croisé Cynthia presque par hasard pendant un de mes derniers week-ends dans le village et elle m'a dit qu'elle avait un projet, qu'elle allait déménager et vivre à Amiens. Elle avait le même âge que moi, et elle était la seule autre personne du village à commencer des études (elle allait abandonner quelques mois seulement après avoir commencé, comme si la malédiction sur le village finissait toujours par s'abattre sur celles et ceux qui voulaient fuir).

Elle avait besoin d'un appartement proche de l'université. Je lui ai proposé de s'installer en colocation avec moi, donc, et elle a accepté ; j'ai cherché sur les sites d'annonces de location et j'ai trouvé un appartement avec une grande chambre boulevard Carnot entre le théâtre où je travaillais et le département de droit de l'université où Cynthia allait étudier.

Je lui ai dit qu'elle pourrait prendre la chambre, je dormirais dans le salon, j'avais appelé les propriétaires et ils étaient d'accord pour nous louer l'appartement, je ne voulais pas attendre un jour de plus. Les propriétaires m'ont dit qu'ils devaient repeindre les murs avant de nous donner les clés et j'ai répondu que je le ferais, en échange de la possibilité d'emménager tout de suite, de ne pas attendre un jour de plus (je ne savais pas peindre et ce sera un désastre).

J'avais hâte. Je rêvais d'une vie avec Elena dans cet appartement, les films que j'aurais regardés avec elle, nos conversations. Surtout je rêvais de mettre en pratique chez moi la nouvelle esthétique de l'existence que j'avais apprise chez elle, avec sa famille : le vin en mangeant le soir, les entrées avant le repas, la musique classique (j'avais acheté des enregistrements des *Requiem* de Brahms et de Mozart). J'avais hâte de ne plus vivre ces expériences seulement comme invité, je voulais qu'elles soient aussi ma vie, mon quotidien, même quand j'étais seul, je ne sais pas pourquoi mais c'était quelque chose d'important, qui faisait une différence quand j'y réfléchissais.

Cynthia m'a laissé m'occuper de tout, j'ai rappelé les propriétaires et à peine une semaine plus tard j'ai emménagé. J'avais acheté un canapé, une table et deux petites chaises.

*

Je garde de ce moment le souvenir d'une liberté sans limites. J'invitais mes nouveaux amis rencontrés à l'université chez moi, mes amis du lycée, Julie, Étienne. Quand je sortais dans les bars le week-end avec eux et qu'on me demandait ce que je faisais dans la vie, je répondais « Je suis étudiant à la fac d'histoire » et cette formule me rendait naïvement euphorique, quand je la prononçais je me dédoublais, je sortais de mon propre corps et je m'entendais parler, je n'aurais jamais cru pouvoir prononcer ces mots-là dans ma vie.

En vérité Cynthia n'allait jamais être là pendant cette année de colocation. J'allais avoir l'appartement à moi seul. Elle échouait dans ses études et la vie à la ville lui semblait trop difficile, le village était partout sous sa peau et il l'empêchait d'aimer la vie ailleurs. Elle retournait chez son père le soir en voiture après les cours, je ne la voyais pas.

J'avais l'appartement pour Elena et moi et une nouvelle vie a vraiment pu commencer.

Elena me montrait des films de réalisateurs que je ne connaissais pas, qu'on regardait sur l'écran de l'ordinateur, Werner Herzog, Orson Welles, Jane Campion, Pedro Almodóvar, elle venait me chercher le soir pour aller au cinéma ou au théâtre. Elle m'offrait des livres que j'empilais sur le sol de l'appartement, faute d'argent pour acheter un meuble, j'étais flatté par ma pauvreté, j'étais intellectuel, bohème.

Le matin, je me réveillais et en regardant autour de moi je me disais que j'avais triomphé de mon enfance, des coups, des insultes, de l'humiliation. J'observais l'appartement et je me disais : J'ai gagné.

Il ne restait plus qu'une chose, une chose à laquelle j'avais pensé tous les jours pendant mes quatre années à Amiens. J'avais fui le village avant tout pour une raison, c'était à cause de mon désir et de la haine de ce désir dans le village. L'attirance pour les autres garçons et pour les hommes avait toujours été claire pour moi. J'avais pu essayer de me mentir ou de te mentir mais je n'avais jamais eu de doutes, toutes les fois où je m'étais menti à moi-même sur ce que mon corps me réclamait je savais que je me mentais. À trois ou quatre ans, mes premiers souvenirs, des images brèves, la mémoire de sensations, j'avais été terrassé par des charges violentes de désir en regardant les garçons dans la cour de l'école, avec une conscience nette du fait que c'était ce qui me séparait déjà de ma famille, ce qui rendait les rapports avec vous impossibles et biaisés. J'aurais voulu sentir leur peau sur la mienne, celle des garçons à l'école, la chaleur de leurs mains sur mon visage. J'avais désiré en silence les hommes autour de moi en grandissant, ceux que je voyais couper du bois dans leur jardin pour préparer l'hiver, leurs muscles tendus quand ils actionnaient la tronçonneuse ou qu'ils portaient les rondins de bois deux par deux jusqu'au local couvert où les rondins étaient empilés, les hommes que j'allais observer pendant les matchs de foot, tous les dimanches. Je regardais les cuisses et la forme des sexes sous le tissu des shorts quand les hommes couraient et qu'ils se déplaçaient sur le terrain et j'aurais voulu qu'ils pressent mon visage contre leurs cuisses.

Est-ce que des parents peuvent imaginer que des images comme celle-là peuplent l'imaginaire de leurs enfants ? Est-ce que tu aurais pu imaginer cette tempête en moi derrière mon masque d'enfant ?

Quand je voyais les hommes réunis au café, souvent des routiers parce que c'était un des rares métiers accessibles dans le village depuis la fermeture des usines, et qu'un de ces hommes me faisait monter dans son camion, je sentais sa respiration parvenir jusqu'à moi depuis son siège à côté et je priais dans ma tête pour qu'il s'arrête sur un chemin isolé entre les forêts et les étangs et qu'il me demande de caresser son corps. Un homme l'avait fait avec ma sœur. Il l'avait emmenée pour une promenade en camion et il lui avait proposé de toucher son sexe à travers la toile de son jean et j'avais rêvé de cette scène tous les jours, plusieurs fois par jour. Je ne comprenais pas pourquoi ma sœur avait eu la chance de vivre ce moment et pas moi. Elle était rentrée en pleurs. Elle avait raconté l'histoire à mon frère qui avait dit qu'il irait punir cet homme de ce qu'il avait fait, et moi, quand j'entendais ses pleurs, je ne comprenais pas, je méprisais son ingratitude, je ne comprenais pas comment la scène que j'espérais plus que tout et qui définissait le contour de mes fantasmes et de mon obsession pouvait la rendre triste, moi qui aurais tout donné pour être à sa place.

Le secret avait contaminé toute mon enfance.

J'avais beau exploser de désir, la honte me faisait haïr tout ce qui aurait pu me rappeler ce que j'étais. J'avais peur de moi. Un soir le lycée nous avait emmenés voir une pièce de théâtre à la Maison de la culture. La pièce s'appelait *Angels in America.* Je n'en avais jamais entendu parler. Gérard la personne qui nous donnait les cours de théâtre nous avait dit que c'était un texte qui parlait d'homosexualité et comme chaque fois depuis le premier jour de ma vie quand j'avais entendu ce mot mon cœur avait accéléré dans ma poitrine. J'avais regardé autour de moi, j'espérais que cette tension dans mon corps n'était pas visible pour les autres, c'était toujours la même sensation, chaque fois que le mot homosexualité était prononcé mon pouls accélérait parce que j'étais sûr qu'il suffisait que le mot apparaisse dans la bouche d'une personne pour que tout le monde puisse comprendre que ce mot était lié à moi. J'avais appris à retourner les conversations avec une habileté extrême, quand quelqu'un parlait d'homosexualité je trouvais toujours un sujet urgent pour détourner l'attention, Au fait vous avez vu l'attentat en Amérique, vous avez vu qui est mort, qu'est-ce qu'on fait ce soir (et la chaleur sur mes joues, sur mon visage).

Dans la salle du grand théâtre je me suis assis près d'Elena et le spectacle a commencé. Dès les premières minutes des hommes s'embrassaient, ils se déshabillaient, ils faisaient l'amour les uns avec les autres ; je n'avais jamais vu une représentation aussi directe de l'homosexualité, jamais aussi explicite, et donc jamais vu une représentation aussi explicite de mon propre désir, de mon secret – et je crois pouvoir le dire, de mon être. Je me suis levé au milieu de la pièce et j'ai dit, *Je veux pas voir ce truc de pédé ça me dégoûte.* Elena avait été surprise et d'autres filles qui étaient avec nous m'avaient dit en sortant du spectacle que j'étais stupide, homophobe. Leurs insultes m'avaient rassuré. Ce que ces filles, Chloé, Sophie, et même Elena, ne savaient pas, c'est que quand j'étais sorti, une fois à l'extérieur de la salle du théâtre, j'avais pleuré, pleuré de ce que j'avais vu, pleuré de la haine de moi-même. J'avais pleuré parce que je savais que j'aurais aimé voir cette pièce de théâtre jusqu'au bout, plus que tout.

Je ne sais pas ce qui l'a déclenché, s'il y a eu une scène, une image ou une apparition, mais un soir que Cynthia était partie chez son père et que j'étais seul dans l'appartement j'ai décidé de me connecter à Internet pour faire ce que j'avais toujours voulu et rêvé de faire ; je voulais essayer de rencontrer quelqu'un, un homme. J'avais trop attendu, trop menti, et ce soir-là je me suis promis que ce serait fini ; je me suis levé du canapé avec partout dans mon corps les échos de ma décision ; je pensais : *tu es gay*, la phrase pulsait sous mon crâne – le mot gay me semblait tellement étranger, tellement violent, presque grotesque par sa sonorité et sa simplicité, il ne pouvait pas contenir en lui toute la complexité de ce que j'avais ressenti depuis ma naissance, mon désir, ma peur, mon espoir, ma honte, mon secret – il me faisait mal et en même temps il me fascinait, je le répétais des milliers de fois dans ma tête depuis quelques semaines, gay, gay, gay, gay, comme si à force de le répéter j'aurais pu découvrir quelque chose de moi-même, je le répétais, et la douleur augmentait – je ne parle pas d'une douleur abstraite comme les gens le font quand ils disent « des mots qui font mal » mais d'une douleur réelle, des os et de toutes les articulations qui tirent sur eux-mêmes, tout mon corps tremblait, j'avais froid ; j'ai fait quelques pas jusqu'à l'écran de mon ordinateur et je jure que ces pas ont été les pas les plus difficiles de toute ma vie ; mes jambes résistaient, elles se solidifiaient, mon corps se révoltait contre ma décision. Je voulais marcher mais mes muscles n'obéissaient pas, ils voulaient m'en empêcher. Je me suis assis devant l'ordinateur, je l'ai allumé, j'ai tenté de reprendre mon souffle et j'ai écrit sur la page de recherche « Rencontre homme gay », je me souviens, exactement ces mots. Je regardais autour dans le salon, comme si quelqu'un avait pu me voir, je sentais la moiteur sur mes doigts, la moiteur sur mon front – et toujours le froid dans mon corps, les tremblements. C'était le printemps dehors mais le froid venait de moi, de l'intérieur de ma cage thoracique. Comment est-ce que trois mots aussi simples avaient pu être si difficiles à écrire, pourquoi est-ce qu'il m'avait fallu dix-sept ans pour oser faire un geste aussi banal, aussi trivial que taper ces mots sur un clavier ? Je n'arrivais pas à appuyer sur la touche « entrer » pour lancer la recherche, je n'arrivais plus à respirer, j'allais mourir, ici, dans ce salon, j'allais mourir, je voulais mourir, j'avais peur de mourir, je suffoquais. J'ai pris une grande inspiration, profonde, et j'ai continué. J'ai laissé passer deux, trois secondes, j'ai pensé, Compte jusqu'à trois, et j'ai démarré la recherche. Des dizaines de sites internet sont apparus, de forums de discussions et de rencontres, je ne savais pas lequel choisir ; j'ai cliqué sur un lien au hasard. Il fallait s'inscrire, donner une adresse e-mail et un pseudonyme pour pouvoir parler à d'autres hommes sur le site. J'ai ouvert une autre fenêtre pour créer une nouvelle adresse e-mail, une autre que celle que j'utilisais le reste du temps pour communiquer avec Elena ou avec la Maison de la culture, je ne pouvais pas prendre le risque d'ouvrir mes mails devant les gens que je connaissais à Amiens et de recevoir des messages de ce site – j'avais peur, c'est la peur qui créait le froid, je ne savais pas avant cette nuit que les sentiments avaient une température qui leur est propre. Je suis revenu sur la page du forum et j'ai créé un profil. Je n'avais pas mis mon vrai prénom. J'avais écrit quelques lignes pour me décrire, quelque chose comme Romain, jeune, 17 ans, cherche première rencontre avec un homme, et je n'en revenais pas d'écrire des mots aussi courageux. Je voulais faire marche arrière, éteindre l'ordinateur et recommencer toute ma vie comme avant, *tu n'as pas besoin de ça, tu as réussi à vivre toutes ces années dans le secret*, je le savais, j'étais conscient du fait que si je rencontrais un homme c'était toute ma vie qui changerait – mais j'ai continué, je suis resté face à l'écran. En quelques secondes j'ai reçu des dizaines de messages, la plupart me demandaient si j'allais bien, les autres m'envoyaient des photos de leur sexe.

J'ai répondu à quelques messages mais j'ai dû m'interrompre ; tout à coup mon estomac s'est contracté ; quelque chose se déplaçait à l'intérieur de moi ; je me sentais sali par ce que je faisais, tout le passé se réveillait en moi, toutes les insultes au collège, les phrases du village contre l'homosexualité, tout s'était inscrit en moi et ce dégoût des autres essayait de m'arrêter maintenant, le moi de mon désir et le moi de mon passé s'affrontaient dans mon corps, je me sentais la chose la plus répugnante du monde, un pédé, une pédale, une tapette, une tarlouze, une tantouze, la pire chose du monde, la métaphore de toutes les souillures et de tous les déshonneurs.

Je me suis levé, j'ai couru jusqu'aux toilettes et j'ai vomi. Mon corps implosait. J'ai vomi accroupi sur le sol et le visage incliné au-dessus de la cuvette des toilettes, tous mes muscles me faisaient mal, ce n'était plus une respiration mais un râle qui s'échappait par ma bouche, je me traînais sur le sol, j'étais un animal, les mains accrochées à la structure des toilettes, le visage par-dessus l'eau poisseuse et la puanteur.

Je souffrais mais c'était trop tard, je ne pouvais plus arrêter. Je suis allé me rincer la bouche, je suis revenu vers l'écran de l'ordinateur, et, les mains tremblantes, j'ai continué d'écrire à des inconnus.

Il y a un homme avec qui j'ai parlé un peu plus que les autres. Il s'appelait Pierre. Il semblait plus délicat, plus patient que les autres. Je tremblais mais je lui répondais. Je lui ai dit que mon vrai prénom n'était pas Romain mais Eddy – je n'avais pas osé lui dire Édouard, je ne me sentais pas encore assez légitime pour porter mon prénom choisi en dehors de mon cercle d'amis proches. Je lui ai parlé jusqu'au milieu de la nuit et il m'a proposé de me rencontrer la semaine d'après.

J'ai accepté.

C'était toute ma vie qui basculait.

J'ai rencontré Pierre. Il est venu me voir dans l'appartement du boulevard Carnot et nous avons fait l'amour. Je me souviens de chaque détail, le soleil dehors, la fenêtre ouverte et le souffle tiède de l'air qui entrait dans l'appartement, son apparition quand il a garé sa voiture, le bruit sec et brutal de la portière. Quand il est entré dans l'appartement et que je l'ai embrassé je pensais, *J'embrasse un homme*, la phrase se répercutait pendant que mes lèvres touchaient les siennes. Chaque parcelle de lui était un synonyme du mot Liberté, Liberté conquise contre toi, contre toute ma vie, Liberté la barbe sur son visage, Liberté les muscles sous le tissu de son tee-shirt, Liberté la pilosité de ses bras, Liberté son sexe qui se tendait sous la toile de son jean, Liberté contre ce que le monde avait voulu de moi.

Je ne pense pas que ce soit quelque chose de normal, je ne sais pas, mais quand il s'est allongé sur moi, nu, c'est à toi que j'ai pensé (en te disant ça je te dis l'indicible). Avoir un homme nu contre mon corps, son sexe pressé contre ma peau, c'était transgresser ce que tu considérais comme l'infamie totale, absolue. Faire ce que je faisais, c'était accéder à une réalité radicalement opposée à la classe sociale de mon enfance, au village, c'était rompre définitivement avec le milieu que j'avais partagé avec toi et sa détestation et son dégoût face à la seule hypothèse de l'existence d'une image comme celle-là. Faire l'amour avec un homme, le laisser me pénétrer, ou apprendre à parler sans l'accent du Nord et aller au cinéma, c'était le résultat d'une même volonté, d'un même processus, celui de la fuite loin du passé.

En faisant l'amour avec un homme, je rejetais toutes les valeurs de mon milieu, je devenais un bourgeois.

*

Sur une feuille de papier j'avais écrit : Le désir m'ouvre les portes du monde. Pierre avait passé la nuit avec moi et je l'avais revu. Quand il ne pouvait pas se déplacer c'est moi qui prenais le train jusqu'à la petite ville de banlieue parisienne où il habitait. À travers lui je découvrais encore une autre vie, ses amis, ses collègues qu'il invitait à manger avec nous le soir, des gens que la proximité avec Paris rendait différents de ceux que je connaissais à Amiens. Tout se glissait dans des nuances infimes, leur manière de s'habiller, leurs références, les choses qu'ils mangeaient, des détails et des faits minuscules, c'est incroyable comme le monde peut se réfugier dans les plus petites choses, le fait qu'ils buvaient de l'eau pétillante plutôt que de l'eau plate pendant les dîners par exemple, leurs conversations à propos de la politique sur un ton plus personnel, comme s'ils vivaient proches des hommes et des femmes politiques, alors qu'à Amiens le monde du pouvoir politique était perçu comme lointain, inaccessible, quelque chose aussi comme une légère arrogance, la certitude de leur place au monde. Je sentais que les caractéristiques géographiques de ses amis, le fait qu'ils habitaient aussi près de la capitale, avaient une influence directe sur leur être et sur leur comportement (c'est un sentiment qui se confirmera plus tard, quand j'irai à Paris et que je verrai à quel point les corps y sont différents, cette fois non plus seulement à cause de la proximité avec la Capitale mais de par la présence et l'immersion à l'intérieur d'elle, en son cœur, comme s'il suffisait de placer un corps dans un cadre géographiquement différent pour le changer complètement, comme si les corps étaient avant tout, ou du moins en partie, des corps géographiques).

Je ne disais rien de mon autre vie à Elena, ni à personne. Je vivais deux vies : une qui s'articulait au langage dans mes conversations de tous les jours et l'autre silencieuse et secrète, en moi. Quand je parlais avec mes amis à Amiens, ou mes collègues, Lucas, Satine, je pensais à mon autre vie, à mes voyages secrets dans la banlieue de Paris et je me sentais plus vivant qu'eux, ma vie secrète ajoutée à ma vie visible rendait mon existence plus profonde et plus épaisse.

L'histoire avec Pierre ne pouvait pas durer. J'avais perdu trop d'années sur mon désir et je voulais rencontrer d'autres hommes. Je me connectais à Internet comme je l'avais fait pour le rencontrer, lui. Un grand hôtel venait d'ouvrir dans le centre-ville en face de la cathédrale et beaucoup d'hommes apparaissaient sur les sites de rencontres. Ils me proposaient de les rejoindre dans leur chambre ; j'y allais, plusieurs fois par semaine, la nuit pour ne pas être vu. Je passais l'accueil de l'hôtel, je marchais directement vers les ascenseurs, comme si j'étais un client, j'essayais d'avancer vers eux – les ascenseurs – avec une démarche assurée et assez d'arrogance sur le visage pour que la personne qui surveillait à l'accueil le soir ne me pose pas de questions, qu'elle se dise qu'il aurait été déplacé, hors des limites de la politesse d'interroger une personne aussi distinguée que moi. Je contrôlais mes jambes et la hauteur de mon menton et je montais dans les étages de l'hôtel pour retrouver l'homme avec qui je venais d'échanger en ligne. *(Je n'arrive pas à mettre côte à côte les images de mes années dans le village et celles de ces nuits à l'hôtel, c'est comme si la biographie d'un être était impossible, comme si l'histoire de ma vie n'était pas celle d'une personne à travers le temps mais la succession de personnages qui n'ont rien à voir les uns avec les autres, qui n'ont même pas en commun le Nom.)* Il y avait des hommes à l'hôtel qui arrivaient d'Allemagne, des Pays-Bas, d'Angleterre, ils rentraient de voyage en Asie ou aux États-Unis. Ils me parlaient de leur vie quand, après avoir fait l'amour, dans la chambre obscure, je posais ma tête sur leur torse pour me reposer, le corps tiède et moite.

Je les écoutais et c'était comme si au contact avec eux j'accédais à un degré de réalité supplémentaire, en les écoutant et en faisant l'amour avec eux je continuais ma fuite, j'allais toujours plus loin dans l'exploration du monde, jamais l'enfant que j'avais été n'aurait pu imaginer qu'un jour il rencontrerait des inconnus dans la nuit et qu'ils lui décriraient chaque soir leur vie dans un autre pays, chaque soir ou presque un autre homme qui lui découvrait un autre paysage – le philosophe Gilles Deleuze dit quelque part que c'est d'un paysage qu'on tombe amoureux quand on fait une rencontre, pas d'une personne, d'un paysage avec son décor propre, sa géographie, ses spécificités et toutes les nuits je découvrais un paysage de plus.

J'ai tout dit à Elena. Je ne pouvais plus lui mentir. Je me suis assis face à l'ordinateur et je lui ai écrit un long message pour tout lui raconter, le désir caché depuis l'enfance, les fausses relations avec les filles au lycée pour me protéger des soupçons, l'histoire avec Pierre. J'avais peur en lui écrivant. Elle m'a dit que ça ne changeait rien, qu'elle m'aimait – ou plutôt, elle n'a pas dit que ça ne changeait rien, comme le font maladroitement les gens, souvent, comme d'autres amis le feraient plus tard quand je leur ferai la même annonce, au contraire elle m'a posé des questions, elle a voulu comprendre ce que le secret avait été pour moi, le silence, les souffrances, la honte. Elle m'a encouragé. Elle m'emmenait au cinéma voir des films qui représentaient l'homosexualité, elle me parlait des auteurs qui avaient écrit sur des hommes qui désiraient d'autres hommes – et moi qui ne lisais jamais, j'avais lu en une nuit *Mort à Venise*, dans la chambre d'ami à côté de celle d'Elena, tremblant, bouleversé en comprenant qu'il existait une histoire entière de la littérature consacrée aux désirs, à la Beauté, aux souffrances et aux vies de personnes qui me ressemblaient.

Elle venait manger chez moi le soir, j'écoutais avec elle des disques d'Ella Fitzgerald ou de Debussy. Je me promenais avec elle l'après-midi, je me souviens d'une journée entière passée dans un magasin de luxe où elle essayait des chapeaux, moi des cravates et des lavallières. Je buvais du thé avec elle dans un salon distingué presque complètement silencieux où une femme nous proposait des dizaines de thés différents, je préparais avec elle mes examens à l'université. Elena m'avait dit que je ne devais pas avoir peur d'aller dans le bar gay de la ville, le Red and White, et je l'avais écoutée, j'y allais. J'avais rencontré quelqu'un là-bas, Nicolas, il avait de l'argent, il m'emmenait à l'Opéra à Paris, il avait dans son salon des tableaux accrochés au mur, il me faisait me sentir *autre*. Quand je ne voulais pas rester dans l'appartement du boulevard Carnot parce qu'Anaïs y était, je vivais chez Nicolas ou chez Alice, une amie du lycée qui habitait dans une immense maison derrière la cathédrale. Son père était un médecin important, eux aussi ils transformaient l'atmosphère de ma vie, Alice organisait des projections de films d'Antonioni dans son jardin, elle faisait du théâtre, elle fabriquait des bijoux. J'étais tellement loin de mon passé. Le travail à la Maison de la culture se passait bien, je me sentais aimé par les autres. J'allais à l'université, mes résultats étaient plutôt bons, je ne voyais presque plus ma mère, mes frères et sœurs et toi, je n'y pensais pas, vous ne me manquiez pas. Je passais mes journées et mes soirées avec Elena, parfois avec d'autres amis, Julie ou Étienne ou Alice, on parlait des films d'Alfred Hitchcock, de Pedro Almodóvar, on admirait et commentait sur l'écran de mon ordinateur des photos de Nan Goldin ou de Robert Doisneau, je jouais avec eux des scènes de Shakespeare ou de Lagarce dans le salon de mon appartement. Ce que j'essaye de te dire, c'est que je faisais entièrement partie de la vie à Amiens, encore plus et plus évidemment depuis que je ne cachais plus rien à Elena. Et c'est exactement à ce moment, celui où je me suis senti complètement intégré, que j'ai rencontré Didier, et que j'ai voulu tout recommencer, et fuir encore une fois.

II

Didier

(rupture)

Impact

Comment est-cc que j'aurais pu deviner qu'un jour Amiens deviendrait ce que le village avait été quelques années plus tôt, l'endroit qu'il faudrait fuir ? Qu'un jour je comprendrais qu'être là, à Amiens, c'était, en fait, encore être prisonnier de mon enfance, et que donc il faudrait échapper à cette ville exactement comme j'avais échappé au village si je voulais prendre ma revanche sur mon passé ?

Tout a commencé comme des dizaines d'autres journées avaient commencé ; Elena m'avait demandé de l'accompagner à l'université pour aller écouter un philosophe qui donnait une conférence sur son dernier livre. J'avais déjà assisté à des conférences avec elle, et les rares fois où je parlais encore avec ma mère au téléphone et qu'elle me demandait ce que j'avais fait de ma semaine je lui répondais *Je suis allé écouter une conférence.* Je tirais de ma réponse un sentiment de fierté et de supériorité qui aujourd'hui me donne la nausée, parce qu'elle ne savait pas ce qu'était une conférence et que je voyais dans cet écart entre elle et moi le signe de mon éloignement et de ma réussite. Ce qu'Elena m'avait dit, c'est que cette conférence-là ne serait pas comme les autres, parce que le philosophe qui viendrait parler avait écrit un livre sur sa propre histoire, un livre qui s'appelait *Retour à Reims*. Dans son livre il racontait qu'il était né dans une famille des classes populaires du nord de la France ; plus tard il était devenu un auteur et un intellectuel reconnu dans le monde entier et il utilisait sa propre vie et sa propre trajectoire, son passage d'une extrémité à l'autre du monde, comme une matière pour réfléchir sur la pauvreté, sur la domination et la violence de classe, son livre ne ressemblait pas aux autres livres intellectuels ; Elena m'expliquait tout ça avec un sourire bienveillant.

Je me suis installé près d'elle[1] au premier rang pour écouter parler le philosophe. Je tenais dans la main son livre que j'avais acheté pendant l'après-midi avec l'espoir de le faire signer. Je regardais Elena, ses cheveux noirs, son sourire. Il n'y a qu'elle qui sait ce soir-là, dans cette salle bondée, chaude et humide à cause de la foule venue écouter la conférence, que je ne viens pas seulement l'écouter parler de la pauvreté et de la transformation de soi, des classes sociales, mais aussi de l'homosexualité ; Elena m'avait dit que c'était l'homosexualité qui l'avait poussé à la fuite vers Paris, vers le monde intellectuel et vers la réinvention de lui-même, que sa sexualité avait été le levier de sa liberté, que c'était ce qu'il racontait dans son livre.

1. en fait ce n'est pas avec Elena que je suis allé écouter cette conférence, mais avec un autre ami – c'était aussi lui que j'avais imité en m'inscrivant au département d'histoire de l'université d'Amiens. Je préfère y substituer Elena dans le récit, pour la cohérence et surtout pour ne pas devoir retracer toute l'histoire qui m'a conduit à y aller avec lui et pas avec elle. De toute façon je racontais tout à Elena, en détail, et c'était comme si elle était toujours présente, même quand elle ne l'était pas

Le philosophe a commencé à parler. Partout autour de moi je vois des gens saisir des stylos et noter ce qu'il dit ; j'étais fasciné par l'importance de sa parole pour ces gens dans la salle. Il dit comment, dès les premières années de son enfance, son homosexualité l'a éloigné de sa famille et du monde qui l'entourait (*et je me parle à moi-même et je pense : comme toi*). Il raconte qu'il a dû fuir, et comment le mouvement dans un monde immobile lui a permis de voir la réalité autrement (*et je pense : comme toi*). Il décrit ses premières expériences homosexuelles, les hommes qu'il rencontrait secrètement derrière la cathédrale de sa ville natale, la nuit, et surtout le rapport au monde et le regard sur le monde qu'il a progressivement inventé à partir de son homosexualité. Il cite des noms que je n'ai jamais entendus, Oscar Wilde, Violette Leduc, Jean Genet, Monique Wittig. J'étais au premier rang, je l'écoutais.

Je sentais quelque chose se soulever en moi mais je ne savais pas encore ce qui se passait.

Il continue. Il décrit l'impossibilité de parler avec sa propre famille à cause de sa transformation et de son éloignement. Il raconte comment à vingt ans il est parti à Paris, la capitale, la grande ville où tout semblait possible, pour étudier la philosophie, et pour vivre plus librement qu'à Reims, sa ville natale. Il dit qu'à Paris il a commencé à écrire des livres, à s'inventer comme un intellectuel. Mon cœur se réveillait dans ma poitrine. Tout changeait autour de moi. Maintenant je comprenais ce que j'avais ressenti dès ses premières phrases : Pourquoi est-ce que je n'avais jamais fait comme lui ? Pourquoi est-ce que je n'étais pas comme lui ? Pourquoi est-ce que moi je n'étais jamais parti à Paris – comme lui ? Pourquoi est-ce que j'avais limité à ce point mon arrachement au passé ? Ses paroles propulsaient mon corps loin de la salle où j'étais assis et tout à coup j'étais loin des autres, loin d'Elena aussi, pour la première fois j'étais loin d'elle.

Je l'écoutais, il parlait, je l'écoutais et je pensais soudain, *je voudrais être comme lui, je voudrais être lui* – pourquoi est-ce que je n'avais pas fui aussi loin ? Je ne savais plus ce que je ressentais, je l'enviais, il me fascinait et la seconde d'après mes sentiments se muaient en un mélange de jalousie et de colère, *pourquoi est-ce qu'il a réussi alors que moi je suis là, bloqué dans cette petite ville de province, et que je n'ai presque jamais rien lu, que je n'ai rien écrit à part quelques scènes de théâtre minables sans aucune valeur plagiées sur ce qu'Elena écrit, pourquoi lui et pas moi* – je voulais ne plus l'écouter, je voulais qu'il se taise, *faites-le taire, pitié* – je lui en voulais d'avoir ce que je n'avais pas, et puis mes émotions s'inversaient encore, elles s'inversaient et je pensais que je n'avais jamais admiré quelqu'un avec autant de force ; je me suis tourné vers Elena et j'ai vu son corps s'éloigner de moi. Je ne pouvais plus la toucher, je voulais l'appeler mais elle n'entendait pas. Quand le philosophe a terminé sa conférence – il s'appelait Didier Eribon, je ne le savais pas encore mais bientôt je l'appellerai tout simplement Didier, bientôt il sera mon ami, il remplacera Elena dans ma vie et il produira malgré lui la rupture la plus douloureuse de toute mon histoire – quand il a terminé sa conférence je me suis approché de lui pour lui demander de dédicacer mon exemplaire de son livre. D'autres personnes attendaient pour la même raison, je les laissais passer, je voulais pouvoir parler avec lui, je voulais que les autres partent pour être seul avec lui et lui dire que je lui ressemblais, je ressentais le besoin de le faire, je ne sais pas pourquoi cette phrase était aussi importante, *je dois lui dire que je lui ressemble, je dois lui dire que moi aussi je suis parti et que moi aussi j'ai été séparé du monde de mon enfance par mon désir, par mon secret, je dois lui dire que moi aussi je* – je pensais trop, trop vite, la sécheresse se répandait à l'intérieur de ma bouche. J'ai fait quelques pas vers la table où il était resté assis pour signer et je lui ai tendu mon livre ; je n'arrivais pas à parler, j'avais peur de dire une chose qui m'aurait discrédité à ses yeux. J'ai balbutié, Je suis comme vous, j'ai beaucoup aimé ce que vous avez dit ce soir. Je baissais les yeux et je pensais *Maintenant c'est terminé. Il pense que tu es idiot. Il pense que tu es idiot et il ne s'intéressera jamais à quelqu'un comme toi.* Je me mordais la langue pour me punir de ma phrase ; il m'a souri et il m'a dit merci. Il a ajouté que les personnes qui avaient organisé cette rencontre à l'université l'invitaient à prendre un verre pour fêter sa conférence et le succès de la soirée, que je pouvais me joindre à eux, le bar où ils allaient n'était qu'à quelques mètres – c'était un bar que je connaissais, j'y étais allé avec Elena déjà. Je n'en revenais pas de sa proposition. Pourquoi il me le proposait, à moi et pas aux autres ? (Plus tard il me dira qu'il avait reconnu une rage de fuir dans mon regard et dans mon attitude.) J'ai suivi le groupe qui marchait vers le bar où plusieurs tables avaient été réservées et je me suis installé près de lui pour pouvoir lui parler. Je lui ai dit que je m'appelais Eddy ; comme avec Pierre je n'osais pas dire Édouard. Je lui ai répété encore une fois, *il fallait que je le répète*, peut-être que c'était pour moi que je le faisais, que c'était une manière de me rassurer, de me dire que je n'étais pas seul, que ma souffrance et mes désirs ressemblaient à d'autres souffrances et d'autres désirs, je lui ai dit que mon histoire ressemblait à la sienne – ou plutôt que j'aimerais qu'elle ressemble à la sienne et il m'a répondu en souriant : *alors faites-le, transformez votre vie*. Il me parlait, je lui parlais, j'essayais de lui montrer que je méritais d'être regardé et d'être écouté, que j'étais digne de lui.

Il m'avait fallu une chose aussi simple, aussi anecdotique qu'une conférence pour que bascule totalement et irrémédiablement mon destin.

Je suis rentré de la soirée, je marchais avec Elena et quelque chose se passait en moi, quelque chose de violent et inédit, mes pensées reprenaient *Pourquoi est-ce que je ne suis pas parti ?* Tous les mots de Didier réveillaient la douleur, le goût amer des insultes revenait dans ma bouche, la douleur de l'exclusion au village, la honte de mon père à cause de ma voix trop aiguë, son regard qu'il baissait quand je parlais devant les autres, à cause de la gêne, tout ça revenait parce que je comprenais que je n'y avais pas échappé, qu'être ici à Amiens c'était encore être attaché à mon passé et attaché à tout ça. C'est vrai, *pourquoi est-ce que je n'y avais pas pensé avant*, je connaissais des personnes qui avaient grandi dans le village et qui vivaient à Amiens, qui étaient parties comme moi dans *la grande ville de la région*, c'était quelque chose de rare mais pas quelque chose d'impossible, je n'avais échappé à rien. Ce soir-là, par la rencontre avec Didier et toutes les possibilités que cette rencontre ouvrait j'ai compris que ma revanche avait à peine commencé. Je devais aller à Paris comme Didier et accomplir la même chose que lui, écrire des livres, être reconnu dans le monde entier si je voulais vraiment venger l'enfant que j'avais été, c'est cette phrase que je me disais, est-ce que l'enfant que j'avais été n'avait pas rêvé de parler devant des salles qui l'auraient écouté et admiré – comme Didier ? Est-ce que je ne m'étais pas promis d'être important et célèbre un jour, est-ce que je n'avais pas voulu que les garçons du collège constatent celui que je serais devenu, et qu'ils souffrent de ce qu'ils m'avaient fait, qu'ils regrettent, qu'ils souffrent de l'écart entre leur vie et ce que la mienne serait devenue ? Est-ce que je n'avais pas passé des années, enfant, à m'interviewer le matin devant un miroir pour me sentir exister ? Est-ce que je n'avais pas passé toutes les premières années de ma vie à regarder les gens à la télévision et à rêver de devenir visible à mon tour ?

Je parle toujours trop, j'ai trop d'histoires à raconter, je dois raconter celle-là : c'est un jour où je jouais dans le village au foot avec trois autres garçons, Kevin, Dimitri et Steven, j'avais douze ans, Kevin avait tiré trop fort dans le ballon et il l'avait envoyé dans le jardin à côté du terrain vague sur lequel on jouait, dans le jardin d'une vieille femme qu'on appelait la Sorcière. Personne n'avait eu le courage d'aller le chercher, tout le monde avait peur de la Sorcière, alors Kevin m'avait dit, Eddy si tu vas le chercher je te jure on te traitera plus jamais de pédale ou de tapette. Tout à coup j'avais rêvé d'une nouvelle vie sans l'Insulte. J'avais dit oui et j'avais couru jusqu'au jardin de la Sorcière, je courais plus vite que jamais, j'avais escaladé la clôture de barbelés, moi qui avais tellement peur des barbelés le reste du temps, d'habitude je rampais sous les barbelés quand Kevin ou Steven les escaladaient, ils sautaient par-dessus et moi je rampais, mais cette fois j'avais réussi, j'avais sauté, je n'avais plus eu peur de la Sorcière, j'étais revenu et j'avais tendu le ballon à Kevin, j'avais fait ce que personne n'avait osé faire, je voyais déjà ma nouvelle vie sans l'Insulte, j'y avais cru, mais quand Kevin avait repris le ballon il m'avait dit Merci grosse pédale. Les autres s'étaient effondrés de rire, ils s'étaient accroupis sur l'herbe pour reprendre leur souffle, tellement ils riaient. Après la soirée avec le philosophe c'est cette douleur-là qui s'est réveillée parce que je me rendais compte que je m'en étais moins éloigné que je le pensais. J'avais tellement mal.

Elena me demandait si j'avais aimé la soirée et je pensais *Comment j'ai pu me tromper aussi longtemps, pendant tellement d'années*. Je lui ai répondu que *Oui*, mais ce n'était qu'une manière d'interrompre la conversation, d'empêcher son émergence, de ne pas parler, de ne pas être là, je n'étais plus là, dans cette rue à Amiens, mon corps ne faisait que de la figuration, et je pensais *Pendant toutes ces années j'ai cru avoir changé et être devenu quelqu'un d'autre mais je m'étais trompé. Je me suis trompé. Je pensais que j'avais fui mais j'étais prisonnier de cette ville, cette ville m'a piégé, elle m'a menti, elle m'a fait croire qu'elle était le lieu de la liberté mais elle n'était que le lieu de la fatalité, tout ça n'était qu'un mensonge, je vivais un mensonge*. Je regardais les rues autour de moi et ces rues qui m'avaient semblé immenses et sans limites pendant toutes ces années à Amiens étaient minuscules maintenant, elles essayaient de se refermer sur moi, je regardais autour de moi, *Je veux partir, je veux partir d'ici*.

Je me souvenais, la toute première fois à Amiens, il m'avait fallu plus de deux heures pour aller de la gare au lycée, alors qu'il n'y avait que sept ou huit cents mètres entre les deux, parce que je m'étais perdu, la ville me semblait tellement vaste. Maintenant je repensais à tout ça et je me disais, *Je déteste cette ville, je dois partir*. Elena me regardait différemment. Elle voyait que quelque chose n'allait pas. *Tu es sûr que ça va*, et je disais *Oui, Oui*, mais mon Oui ne voulait pas dire oui, mon Oui voulait dire *Ne parle plus*, je n'entendais que les phrases dans ma tête : *Il faut partir d'ici, Maintenant il faut partir.*

Ça me revient maintenant, Elena disait en riant que mes dents et ma mâchoire étaient si difformes que le jour de ma mort elle récupérerait mon crâne pour en faire un cendrier. Elle était l'unique à pouvoir dire ces choses-là sans me blesser.

Je m'étais inscrit au club de haïkus du lycée avec elle. On avait écrit des haïkus érotiques et à cause du sujet ils n'avaient pas pu être affichés dans les couloirs de la bibliothèque contrairement à ceux des autres. Je pense qu'elle a dû rire de cette histoire pendant au moins un an. Je riais avec elle.

Elle finissait toujours son déjeuner avant le mien et quand elle n'avait plus rien elle commençait à manger ce que j'avais dans mon assiette. Je protestais et elle répondait « C'est parce que je n'ai pas mangé depuis deux jours ! ». Je haussais les épaules.

Le lendemain

Le lendemain de la conférence je me suis réveillé et j'étais épuisé, je n'avais pas dormi. J'avais passé la nuit à rêver de ma vie loin d'Amiens, à la fois découragé par le chemin qu'il y avait à accomplir et à la fois le corps saturé d'espoir pendant les brefs instants où je pensais que c'était possible, que j'allais le faire. J'imaginais des affiches dans les rues qui auraient annoncé une conférence que je donnerais, comme Didier, mon nom imprimé dans toute la ville et la honte de mon enfance effacée pour toujours. Je m'imaginais, écrivain, célèbre.

Je veux être clair, pour moi l'enjeu était celui du changement et de la libération, pas celui des livres ou de la vocation littéraire. Je ne pense pas que mon obsession première ait été les livres. Si je rêvais soudainement de devenir un écrivain, ce n'était pas parce que je rêvais d'écrire, mais parce que je rêvais de m'arracher définitivement au passé et que c'était ce qui s'était présenté à ce moment-là par la rencontre avec Didier, c'est tout. Il ne faut pas voir dans ce que j'écris l'histoire de la naissance d'un écrivain mais celle de la naissance d'une liberté, de l'arrachement, coûte que coûte, à un passé détesté. Est-ce que s'il n'avait pas été trop tard et si j'avais rencontré un danseur du Ballet de l'Opéra de Paris ou de Moscou venu présenter son travail plutôt qu'un auteur comme Didier, est-ce que dans cette configuration j'aurais voulu devenir un danseur plutôt qu'un auteur, pour fuir Amiens, est-ce que j'aurais mis toute mon énergie et toutes mes forces à le devenir, comme je l'ai fait en voulant devenir un intellectuel et en voulant imiter Didier ? Je pense que oui. Je pense que je voulais changer pour me libérer et que j'aurais pris n'importe quelle issue pour m'enfuir. Simplement, cette issue-là – l'écriture, les livres – était la seule qui s'était offerte à moi, par la rencontre avec Elena puis par le hasard de cette conférence ; les livres et l'écriture étaient la seule issue qui m'avait donné une possibilité concrète, réelle de changer encore une fois.

Après le réveil j'ai marché vers la douche et même dans la douche je pensais, *Il faut changer.* Je suis sorti de l'appartement et une fois dehors j'ai déplié le morceau de papier chiffonné à l'intérieur de ma poche, celui sur lequel j'avais noté la veille les titres des livres que Didier avait cités pendant sa conférence. Je marchais vers la librairie ; j'avais pris avec moi l'argent économisé pendant les deux dernières années sur les salaires de la Maison de la culture et j'ai acheté une dizaine de livres, ceux qui avaient été cités pendant la conférence donc, Pierre Bourdieu, James Baldwin, Émile Durkheim, Marguerite Duras, Erving Goffman, Jacques Derrida, Assia Djebar, Patrick Chamoiseau, Simone de Beauvoir. Je savais que si je voulais écrire je devais lire, je ne pouvais pas attendre, j'avais déjà trop de retard, j'avais dix-sept ans et presque jamais rien lu. Je suis rentré en me promettant de lire tous les livres que je venais d'acheter pendant les jours qui venaient, moi qui en dépit de ma transformation avec Elena pendant ces années avais surtout parlé des livres sans les lire, parce que jusqu'à maintenant cette illusion avait été suffisante.

Transition

Les insomnies depuis la conférence. J'imaginais Nadya faire le constat de ma métamorphose, me découvrir transformé, célèbre, comme Didier, et dire à ses amies autour d'elle *Vous savez quand il est arrivé à Amiens il n'était rien, il s'est battu pour en arriver là.*

J'étais bouleversé par l'admiration suscitée chez ces personnes à qui elle aurait parlé.

*

Il y a eu la première fois, celle où Elena est venue me chercher pour aller au cinéma avec elle. Je lui ai expliqué que je ne pouvais pas sortir, que je devais rester seul dans l'appartement pour lire. C'était la première fois que je lui répondais quelque chose comme ça. Elle me connaissait depuis quatre ans et je n'avais jamais prononcé une phrase qui ressemblait à celle-là.

Elle m'a regardé comme si elle essayait de déchiffrer mon visage, comme si elle essayait de démasquer derrière mon visage une personne qui aurait usurpé mon corps et mon identité. Elle a haussé les épaules, Qu'est-ce que tu lis ? Je lui ai montré la couverture du livre, *La Distinction*. Elle n'en avait jamais entendu parler. La scène de notre rencontre s'inversait, cette fois c'était moi qui lisais et elle qui ne connaissait pas le livre que je lisais (mais je ne m'en suis pas réjoui, j'avais peur de m'éloigner d'elle).

*

Je lisais mais je ne comprenais pas ce que je lisais, les phrases étaient trop complexes, les livres faisaient référence à des notions et des concepts que je ne connaissais pas, que je ne comprenais pas. Je me forçais, je me disais que je comprendrais plus tard, après avoir lu, que chaque livre me donnerait *a posteriori* les clés pour comprendre celui que j'avais lu la veille, j'essayais de me convaincre que si je comprenais une page au milieu d'une cinquantaine de pages alors c'était déjà beaucoup que j'aurais accompli – je n'arrivais pas toujours à me persuader – à me mentir à moi-même – et certains soirs, je me décourageais devant les pages d'un livre ouvert, incapable de déchiffrer une simple succession de lettres et de mots, je me haïssais, je me méprisais, *Je n'y arriverai jamais*. Je tournais autour du livre qui me résistait et qui m'empêchait d'entrer en lui, comme si les phrases me repoussaient, physiquement. Je souffrais d'être moi. Mais je continuais de lire, je pensais : Si tu ne deviens pas un auteur alors tu auras tout perdu. J'essayais d'écrire des textes courts après plusieurs heures de lecture ; je m'entraînais. Je ne montrais à personne ce que je faisais. Je sais que ce que je dis peut paraître étrange, qu'on peut difficilement imaginer quelqu'un qui n'avait jamais lu et jamais réellement écrit avant y consacrer soudainement tout son temps, toute sa folie, toute son énergie, mais c'est ce qui s'est passé.

*

Des images encore.

*

La fois où, quand j'avais douze ans, pendant une randonnée organisée par l'association sportive du village, je m'amusais à comparer les personnages de ma série préférée aux gens qui marchaient avec moi. Je marchais avec une dizaine de personnes sur un chemin de terre, entourés par des kilomètres de champs et de forêts. Je pointais les autres du doigt, Toi tu es plutôt Rebecca, toi tu es plutôt Michel, et toi Lætitia. Il y avait un personnage gay dans la série, vu comme efféminé, sur qui tout le monde faisait des blagues. Il s'appelait Thomas. Au moment où je disais à ma tante Et toi je ne sais pas qui tu es, elle a répondu Je ne sais pas qui je suis mais toi Eddy tu es Thomas. Tous les gens qui marchaient avec nous ont ri, Ah ah oui, Thomas, la folle.

Je voulais mourir.

*

Les fois où au collège mon père me demandait d'aller dire au comptable qu'on ne pourrait pas payer la cantine, ma honte quand le comptable me répondait Mais une somme comme ça tes parents peuvent la payer, non ? C'est quand même pas beaucoup, dis-leur de faire un effort.

*

Quand au lycée un garçon m'avait dit Le prix de mon slip c'est le prix de toute ta garde-robe.

*

La fois où vers quatorze ans, juste après la rencontre avec Elena, quand je retournais encore au village, j'avais été invité à un barbecue par Kevin, dans la pâture derrière chez lui. Il faisait chaud, c'était l'été. Kevin avait allumé un feu à la nuit tombée, on buvait du whisky mélangé à du jus d'orange en mangeant des grillades, assis autour des flammes, une dizaine de personnes. On riait, et tout à coup le père de Kevin qui était là avec nous et qui avait trop bu a dit Alors Eddy, on dirait que t'aimes la bite toi, c'est vrai ou pas. C'est vrai ou pas que ce qui t'excite c'est de toucher une grosse bite ou de te la prendre. Les autres riaient, et j'avais fait semblant de rire aussi. Plus il m'insultait et plus je riais, un goût d'acier et de sang dans ma bouche.

*

Toutes les fois où à l'école je n'avais pas de goûter, faute d'argent, contrairement aux enfants de familles plus aisées qui avaient avec eux des biscuits enveloppés dans des papiers rouges, verts, bleus, brillants, ces fois où, donc, à dix ou onze ans, je comprenais déjà le sens du mot classe.

*

Le jour où mon petit frère pendant une dispute m'avait dit, devant ma mère-témoin, De toute façon dans le village tout le monde dit que tu es pédé, et moi terrifié en me disant que ma mère l'avait entendu. J'étais sorti de la maison en courant et j'avais passé une partie de la nuit dehors, dans les champs, jusqu'au milieu de la nuit. Je ne voulais pas rentrer et croiser le regard de ma mère, affronter sa question, C'est vrai ce que ton petit frère dit ?

*

Lire ces livres, devenir comme Didier, quitter Amiens, c'était m'éloigner de toutes ces images. Gagner contre elles. La rencontre avec Didier a fait revivre mon enfance, il l'a remise en moi et à cause de lui je devais y échapper encore une fois.

*

La philosophe Eve Kosofsky Sedgwick parle quelque part de l'énergie transformatrice inépuisable que peuvent produire les enfances humiliées.

*

Je devais continuer.

*

Et puis les souvenirs de victoires, réveillés aussi depuis la rencontre avec Didier.

*

Le jour où à douze ans j'avais écrit une petite pièce de théâtre pour le collège, pas une pièce, plutôt quelques scènes comiques qui s'enchaînaient, pour fêter la fin de l'année, qu'on avait jouées devant tous les élèves et les enseignants réunis et que tout le monde s'était levé à la fin pour m'applaudir, plusieurs centaines de personnes et que j'avais pensé Plus personne n'osera m'insulter maintenant, j'ai gagné, tu as gagné.

*

Cet autre jour quand madame Roger qui enseignait l'histoire au lycée m'avait dit avec sa voix souriante Vous êtes tout simplement excellent monsieur Bellegueule.

*

L'année où au lycée, de toute la classe j'avais été sélectionné pendant le cours de théâtre pour apparaître dans un film avec Isabelle Huppert. Les autres en avaient rêvé.

*

Si j'écrivais un livre c'est cette même sensation que j'allais retrouver, décuplée. J'allais prouver au monde que j'étais quelqu'un et que le monde avait eu tort de vouloir m'inférioriser.

*

Il fallait lire, lire le plus possible.

*

J'ai oublié le basculement, le moment où, après plusieurs semaines, j'ai compris de mieux en mieux ce que je lisais, celui où les crises et les larmes se sont éloignées dans le temps, et où chaque idée dans un livre me rappelait d'autres idées dans d'autres livres. J'expérimentais les premiers résultats de mon travail et de mes efforts. Pendant les soirées passées avec mes amis à Amiens, Elena, Julie, ma conversation était renforcée par toutes les choses que je savais, que je venais d'apprendre, et je sentais une forme d'admiration de leur part.

Je comprenais que Savoir = Pouvoir.

*

À la Maison de la culture, le soir, je plaçais les spectateurs dans le théâtre et de plus en plus souvent j'allais m'asseoir à l'extérieur quand le spectacle commençait, pour lire. La règle, c'est que deux ouvreurs devaient garder les portes d'entrée, tandis que les autres surveillaient l'intérieur de la salle, et je demandais à Léa et au reste de l'équipe si je pouvais être à l'extérieur le plus souvent possible ; je pense qu'ils s'étonnaient de ma transformation brutale, presque totale. Ils me voyaient arriver tous les jours avec un livre différent, Arendt, Heidegger, Deleuze, je lisais au travail, je lisais la nuit aussi, je lisais pendant les repas le midi à l'université, je lisais dans le bus, avec cette pensée, toujours : *je dois partir, je dois partir. Je dois changer.*

*

Je n'aimais plus Amiens

*

Il y avait Elena mais j'étais sûr qu'elle partirait avec moi à Paris.

*

Ou plutôt : je crois que je savais qu'elle ne partirait pas avec moi, mais que je me faisais croire qu'elle le ferait pour ne pas affronter ce que je faisais ; je me préparais à l'abandonner.

> Voilà pourquoi je serais content, et même heureux...
> Voilà pourquoi je serais heureux de pouvoir aborder avec vous toutes ces questions (et vous êtes de compagnie si agréable !)
> Quand tout à l'heure dans le bus, vous avez évoqué l'idée d'un diner ensemble, j'ai senti l'euphorie véritablement monter en moi.
> Je voulais vous le proposer, mais je n'osais pas.
>
> Cela tient donc toujours ? Je peux me permettre de vous inviter à diner en ville durant votre séminaire sur Amiens ?
>
> En attendant votre réponse, non sans une certaine impatience, je vous souhaite un bon week end.

*

J'y avais réfléchi depuis plusieurs jours. J'allais écrire à Didier et lui proposer de prendre un verre avec lui. Je me suis assis face à mon écran d'ordinateur et j'ai tapé sur le clavier, *Cher Didier Eribon*. Je regardais ces trois mots, j'entendais mon cœur battre dans ma gorge, mes poumons dans ma gorge, je relisais, *Cher Didier Eribon*, mais je n'arrivais pas à continuer, j'avais trop peur d'un refus de sa part qui m'aurait remis à ma place. Je n'arrivais pas à écrire autre chose, je ne trouvais aucune phrase, c'étaient des sentiments que je voulais exprimer et aucune phrase n'était capable de les traduire sans les trahir. Il y avait dans mon corps une tension qui symbolisait tout, mon histoire, mon passé, mon enfance, mes rêves, et cette tension ne voulait pas des mots (et je pensais : *peut-être qu'il faudrait danser. Peut-être que des mouvements de mes muscles témoigneraient mieux de mes sentiments que les mots*). J'ai attendu, longtemps, et puis, les mots sont venus, mon corps a cédé. J'ai repris *Cher Didier Eribon.* Je lui ai dit que je partageais la même histoire que lui, le même passé, que je me reconnaissais en lui, que je voulais devenir comme lui, je ne savais plus, est-ce que j'étais lui ou est-ce que je voulais le devenir. L'e-mail finissait sur une invitation à peut-être manger avec moi, une demande timide, *Cela tient toujours ? Je peux me permettre de vous inviter ?*

Il a accepté. Il m'a dit qu'il prendrait un verre avec moi et qu'on pourrait peut-être même dîner ensemble. J'ai reçu son e-mail, j'ai couru vers chez Elena, je ne regardais pas autour de moi et quand je suis arrivé chez elle je lui ai crié : *il a accepté, il a dit oui, il a même dit qu'on pourrait manger ensemble, tu te rends compte.* Elle a souri. Je ne voyais pas son amertume. J'étais trop égoïste, je voulais partir. Je ne comprenais pas encore – contrairement à elle, qui voyait toujours les choses mieux que moi, et avant moi – que c'était le début de notre séparation que j'étais venu lui annoncer.

*

Dans son e-mail de réponse Didier m'avait appris qu'il donnait des cours à l'université d'Amiens ; je le découvrais seulement là, avant même la rencontre avec lui il avait été proche de moi, dans la même ville que moi et je ne l'avais pas su. Je lui avais demandé l'autorisation d'assister à tous ses cours, y compris ceux qu'il donnait aux étudiants en quatrième ou cinquième année ou aux étudiants en thèse de doctorat et il avait répondu que j'étais le bienvenu. Je ne voulais en rater aucun, je pensais que dans ces cours j'apprendrais des choses qui allaient accélérer ma métamorphose. Pendant les mois qui ont suivi sa conférence, entre le moment de ma décision de partir à Paris et mon départ je me suis assis au premier rang de tous ses cours, sans exception, je notais les titres des livres qu'il citait, je les achetais et je les lisais. J'imitais Didier, je prenais les mêmes intonations que lui, les mêmes façons de poser mon regard et de sourire. Je parlais de lui et de ses livres à Elena et à mes autres amis à Amiens, Alice, Julie, Juliette aussi, une nouvelle amie rencontrée à l'université, pendant mes conversations avec elles j'exagérais ma proximité avec Didier.

*

Est-ce que je devenais une personne mauvaise ? Est-ce que je reproduisais à Amiens la violence que j'avais exercée quelques années avant avec ma famille, quand je rentrais chez ma mère et que je faisais semblant de lire sur le canapé pour lui montrer qui je devenais ? Est-ce qu'en changeant je voulais faire comprendre aux autres que je n'étais plus comme eux, est-ce que j'avais compris que changer ne voulait pas seulement dire devenir quelqu'un d'autre, mais aussi *ne plus être comme d'autres*, et donc repousser ces autres, les abandonner, les mettre désespérément au-dessous de soi ? Est-ce que j'étais devenu une personne haïssable ?

Je ne sortais plus dans les bars de la ville les soirs où je ne travaillais pas au théâtre.

D'habitude, depuis l'arrivée à Amiens, les soirs où Elena passait la soirée avec ses parents je sortais dans les bars avec d'autres amis, je buvais avec eux toute la nuit de minuscules verres de vodka pure et je rentrais à quatre ou cinq heures du matin, ivre, à peine capable de marcher sur le trottoir. Je me souviens que je chantais avec eux, nos voix dans la nuit, c'était avant que la rencontre avec Didier ne me jette vers le futur, que le futur et l'espoir du futur n'envahissent complètement ma vie, avant la raréfaction du présent dans ma vie – et justement, après cette rencontre avec Didier, quand Julie ou Étienne viennent me chercher je leur dis que je ne peux pas, que j'ai du travail, que je ne peux pas sortir parce que je dois lire, que je dois lire un des livres que Didier a cités pendant un de ses cours. Les premières fois ils me regardent avec le même étonnement qu'Elena, mais quand la scène se répète l'étonnement se mue en une forme d'agressivité, jusqu'au soir où Étienne me regarde et dit *De toute façon maintenant il se croit supérieur, je sais pas à quoi il joue, depuis qu'il a assisté à la conférence de l'autre là il se prend pour un Parisien.*

Sa phrase m'avait blessé.

Je ne savais pas que mon rêve était aussi visible.

Paris, les premières fois

Je voyais Didier une fois par semaine depuis que j'assistais à ses cours et depuis le premier verre qu'il avait accepté de prendre avec moi. Je lui avais parlé de mon projet d'écrire des livres et de partir pour Paris – d'imiter, au fond, ce qu'il avait fait à peu près au même âge que moi et qu'il avait raconté le soir de sa conférence. Il m'avait invité à dîner au restaurant un soir, c'était un mardi, et cette première invitation était devenue le commencement d'un rituel, d'une habitude, je le retrouvais tous les mardis soir dans le même restaurant, je me rapprochais de lui. Je n'étais jamais allé au restaurant avant, à part une fois ou deux dans un contexte exceptionnel, et quand je m'installais à la table qu'il avait réservée, j'étais grisé par la sensation d'être dans un lieu où j'étais servi – comme si je vivais une vie qui n'était pas la mienne et que le plaisir qui me traversait était le même que celui qu'éprouve un voleur. Pendant ces soirées il me faisait entrer dans un univers différent de tout ce que j'avais connu, par les histoires qu'il me racontait à propos de ses amis écrivains, philosophes, artistes, par le récit de ses journées à écrire et à corriger ses manuscrits, la vie gay à Paris – c'est-à-dire la fréquentation des bars gays et sa communauté d'amis avec qui il partageait une même une complicité basée sur cette sexualité. qu'Elena admirait étaient ses amis à lui, il les appelait par leur prénom. Je sentais déborder de mon corps : je ne pouvais pas attendre, je voulais aller à Paris le plus vite possible. Non seulement j'avais hâte de vivre ma nouvelle vie et je voulais la vivre le plus vite possible, mais je savais en plus qu'à Paris je pourrais rencontrer des hommes, et mon désir prenait de plus en plus de place en moi depuis l'étape franchie avec Pierre. Je l'ai dit à Didier et il m'a encouragé. Il disait que je ferais de belles rencontres, qu'à Paris j'expérimenterais une liberté que je n'avais jamais connue, et après cette conversation avec lui j'ai décidé d'y aller tous les week-ends.

Les premières fois à Paris étaient comme des explorations d'une vie totalement neuve, plus forte et plus belle. Je rencontrais des personnes qui avaient des vies que je n'aurais jamais pu soupçonner et qui me faisaient rêver, des étudiants au conservatoire de théâtre qui le soir donnaient des représentations de petits spectacles bricolés dans des bars miteux, des artistes qui n'avaient pas la carrière qu'ils auraient voulu avoir et qui donnaient des cours de théâtre ou de danse dans des petites associations de leur quartier – mais même ce qui leur apparaissait à eux comme des échecs et des renoncements était pour moi le signe d'une vie de bohème et de liberté, en comparaison la vie d'Amiens me semblait fermée et limitée ; je voulais avoir leur vie. Dans les bars où je sortais je rencontrais des avocats, des journalistes, des architectes – des noms de métiers qui à Paris semblaient cacher des privilèges infinis, des vies de richesse et d'indépendance, d'importance, de voyages à travers le monde. Avec ces gens je mettais en pratique ce que j'avais appris avec Elena, les références culturelles, la manière de manger, de parler. (*Est-ce que c'est de ça que Nadya parlera des années plus tard, quand elle dira que j'ai profité de tout ce qu'elle m'a transmis ?*)

Je marchais pendant des journées entières pour découvrir la ville, six, sept heures de marche sans m'arrêter, je buvais un chocolat chaud ou un jus de tomate dans un café pour déjeuner ; j'étais heureux. Je découvrais les Mémoires de Simone de Beauvoir que Didier m'avait conseillés et je voulais vivre la même vie qu'elle, que Beauvoir, une vie d'intellectuel ; je lisais aux terrasses des cafés, je retrouvais Didier dans les brasseries de Montparnasse, il me parlait du manuscrit sur lequel il travaillait, des conférences qu'il donnait ou des colloques auxquels il participait, il disait des phrases directement liées à sa vie d'auteur, « je dois écrire ma conférence pour la semaine prochaine », « il faut que je réponde à mon éditeur », et je rêvais de pouvoir prononcer ces mots-là moi aussi. Il m'avait invité à venir avec lui à l'opéra un après-midi et j'étais bouleversé, je ne sais pas si c'était par la beauté de la musique ou parce que l'opéra me donnait l'impression d'être un bourgeois accompli, on ne peut sans doute pas distinguer les deux. Quelle image aurait pu être plus éloignée de mon père que celle de moi, là, assis à l'Opéra de Paris, à côté d'un auteur ?

Il faut l'avoir vécu pour le comprendre, et pourtant je dois essayer de l'expliquer, tout ce que je faisais avait une signification vertigineuse, parce que c'est toute l'histoire du monde qui se glissait dans toutes les scènes de ma vie, l'histoire du monde et ses écarts, ses injustices. J'entrais à l'opéra et je pensais Je n'aurais jamais dû entrer dans cette salle, je m'installais à la terrasse d'un café du Marais pour lire un ouvrage de Derrida ou Arendt et je pensais Je n'aurais jamais dû être là, je n'aurais jamais dû savoir que ces auteurs existent. J'éprouvais une sorte de pitié ou en tout cas de tristesse pour ceux qui allaient dans de grands théâtres parisiens ou qui s'asseyaient à la terrasse d'un café sans comprendre leur chance, sans émerveillement, qui accomplissaient ces gestes comme ils les avaient accomplis dans leur enfance, comme leurs parents et leurs grands-parents l'avaient fait avant eux, parce qu'ils étaient nés dans un monde plus privilégié que moi. Mon privilège c'était d'avoir connu la vie sans privilège.

Entre-deux

Je partais le samedi après-midi sans savoir où j'allais dormir et je rentrais à Amiens le dimanche soir ou le lundi matin. Dans les bars je rencontrais presque toujours quelqu'un qui me proposait de venir chez lui pour passer la nuit ; j'avais compris dès le premier week-end à Paris que faire ce genre de rencontre pour avoir un endroit où dormir était plutôt simple. La nécessité d'une rencontre était plus forte, plus agressive, et donc plus belle à cause de la pression et de l'urgence, de la peur de passer la nuit dehors. Mais parfois j'échouais, il m'arrivait de ne rencontrer personne ; ces soirs-là je marchais toute la nuit dans Paris quand le bar fermait, dans le froid, le corps épuisé et les cernes creusés, et j'errais, j'errais à travers les rues que je ne connaissais pas, dans cette ville que je ne connaissais pas encore, jusqu'à six heures du matin, avant de prendre le premier train pour Amiens, le corps tremblant de froid et de fatigue – mais je n'étais pas triste, il y avait avant tout en moi le plaisir de la nouvelle vie qui s'annonçait avec le déménagement et qui commençait déjà, la sensation de vivre des aventures et des expériences que six mois plus tôt encore je n'aurais jamais imaginé vivre.

(Il faudrait aussi parler de la sexualité, et de ce que voulait dire le bonheur de la possibilité soudaine, offerte par Paris, de rencontrer des hommes en nombre presque illimité, de vivre enfin, encore plus radicalement et plus facilement qu'à Amiens, ce qui avait été mon désir depuis ma naissance, le sentiment de libération du corps, celui d'entrer, grâce à la sexualité, dans des univers à chaque fois nouveaux.)

C'était presque toujours dans le même bar que je sortais à Paris, le Duplex, dans une rue étroite, un peu à l'écart des autres bars, parce que Didier que je voyais l'après-midi dans les cafés de Montparnasse pendant ces week-ends m'avait dit que c'était un *bar intellectuel*. Le bar était mal éclairé, il flottait à l'intérieur une odeur de sueurs et de bière qui donnait à l'endroit une épaisseur et une profondeur cinématographiques. Je repérerais un homme dans les ombres du bar. Je me rends compte aujourd'hui que je m'adressais toujours aux hommes qui avaient l'allure la plus distinguée, ceux qui semblaient les plus riches ; mon désir social se mêlait à mon désir sexuel, et j'étais attiré par les hommes qui ressemblaient au monde auquel je voulais appartenir depuis que j'avais pris la décision de partir d'Amiens, les plus conformes à mon rêve de transformation. Je n'avais pas besoin de penser consciemment que ces gens appartenaient à ce monde pour aller vers eux, pour les désirer, puisque j'étais *physiquement* attiré par ces hommes. Entre mon désir physique et mon désir social il n'y avait pas de différence.

Quand un homme à qui je parlais me demandait ce que faisaient mes parents dans la vie – c'est une drôle de question pour une première rencontre dans un bar mais ils la posaient, souvent même, comme pour évaluer ma personne, être sûrs qu'ils ne gâchaient pas leur temps avec moi –, je répondais que mon père était avocat ou qu'il était professeur d'université. J'avais honte, je pensais que si je disais la vérité ces hommes perdraient leur intérêt pour moi. S'ils essayaient de connaître des détails, je parlais des parents d'Elena comme s'ils avaient été les miens. Je volais la vie d'Elena, je volais ses parents et je disais que mon père enseignait à l'université, que ma mère avait été actrice – mais la plupart du temps je répondais que je n'avais pas envie d'évoquer ma famille.

Je rentrais à Amiens après mes séjours à Paris et je ne racontais pas à Elena les détails de ce que j'avais vécu. Elle me disait : *Un jour un de ces hommes que tu rencontres depuis que tu vas là-bas nous séparera pour toujours*. Je faisais semblant de ne pas l'entendre.

École normale

Je m'engageais dans un nouveau processus de transformation ; je recommençais tout, sans savoir si j'allais réussir et il me fallait un acte définitif, quelque chose qui aurait marqué une rupture nette avec Amiens et qui aurait pu compenser l'incertitude de ce que j'allais devenir. Cette rupture, c'était l'écriture d'un livre, j'en étais sûr maintenant, mais je savais aussi que pour écrire un livre il me faudrait du temps.

J'élaborais des plans et des stratégies pour accélérer mon changement et c'est dans l'intervalle de cette réflexion que j'ai entendu parler pour la première fois de l'École normale supérieure. Je me rendais compte qu'une grande partie des auteurs que je lisais et que Didier m'avait conseillés, Jacques Derrida, Pierre Bourdieu, Michel Foucault, Jean-Paul Sartre, avaient été élèves au même endroit à Paris, dans cette institution. J'apprenais que c'était une des écoles les plus prestigieuses de France – je n'en connaissais même pas le nom. Soudainement je me suis mis à penser que si j'arrivais à Paris sans entrer dans cette école je ne serais qu'un garçon venu d'Amiens et arrivé à Paris, un naufragé, un intrus, alors qu'entrer dans cette école aurait de fait légitimé ma présence dans la ville, comme si

Paris était le nom d'une réalité plus grande que celle du périmètre de la ville.

Après quelques jours à me renseigner j'en ai parlé à Elena. Elle m'a répondu que bien sûr elle connaissait l'École normale supérieure. Pendant toute son enfance sa mère avait espéré sans totalement y croire qu'Elena deviendrait élève là-bas, *Il faut un niveau scolaire très élevé pour entrer dans cette école, c'est fait pour les gosses de la bourgeoisie parisienne qui sont allés dans les plus grands lycées, pas pour nous.*

Pour la première fois le « nous » d'Elena était du côté des dominés, et plus des dominants.

Je l'avais écouté me dire ces mots et je m'étais promis qu'un jour je le ferais, que j'y entrerais.

Paradoxalement sa résignation me donnait de la force. Je refusais de penser – naïvement, mais plus tard j'allais le comprendre, la naïveté est une condition de la fuite – je refusais de penser qu'une chose puisse être impossible. J'ai continué mes recherches et, j'ai vu qu'il était possible d'entrer dans cette école par plusieurs voies ; je faisais dérouler sous mes yeux les conditions d'accès ; je contemplais l'inaccessible.

Quand j'ai revu Didier je lui ai révélé mon projet. Il avait fallu rassembler mes forces pour combattre la peur du ridicule, et lui dire que je voulais essayer, essayer d'entrer dans cette école – en fait par la voie la moins prestigieuse, la seule possible pour quelqu'un comme moi, qui à peine quelques semaines plus tôt ne connaissait pas cet endroit et qui n'avait pas été élève dans un de ces lycées dont Elena parlait – mais je n'y pensais pas.

Didier avait souri, *Vous êtes ambitieux, c'est bien. Oui, allez-y, faites-le. Essayez.*

Préparation

École normale supérieure. Pendant plusieurs mois je n'ai plus pensé qu'à cet objectif, dans la crainte et dans l'angoisse. Je pensais, *Si tu accèdes à cette école tu ne retourneras plus jamais au village*. Ce n'étaient pas les études en elles-mêmes ou les choses que j'aurais pu apprendre à l'École normale supérieure qui m'intéressaient, mais la certitude que si je franchissais les portes de cette école alors je ne pourrais plus jamais revenir en arrière.

À travers Didier, j'avais pris conscience du fait que mes diplômes à l'université d'Amiens n'étaient pas suffisants pour me sauver. Il le savait parce qu'il avait été victime de la même illusion que moi, à mon âge : les enfants des milieux les plus pauvres voient l'entrée à l'université comme une consécration, alors que les diplômes universitaires, surtout s'ils sont obtenus dans des petites villes, ont depuis longtemps perdu leur valeur.

Il avait écrit dans son livre *Retour à Reims* : « l'ignorance des hiérarchies scolaires et l'absence de maîtrise des mécanismes de sélection conduisent à opérer les choix les plus contre-productifs, à élire les parcours condamnés, en s'émerveillant d'avoir accès à ce qu'évitent soigneusement ceux qui savent. En fait, les classes défavorisées croient accéder à ce dont elles étaient auparavant exclues, alors que, quand elles y accèdent, ces positions ont perdu la place et la valeur qu'elles avaient dans un état antérieur du système. La relégation s'opère plus lentement, l'exclusion se produit plus tardivement, mais l'écart entre les dominants et les dominés reste intact : il se reproduit en se déplaçant ».

Entrer à l'École normale, c'était me sauver de cette erreur.

J'ai commencé à travailler. Il fallait préparer un dossier de recherche universitaire puis passer une épreuve orale pour avoir une chance d'accéder à ce qui était maintenant devenu pour moi un fantasme, la promesse d'une vie meilleure. Une partie importante des candidats et des candidates étaient éliminés dès la première étape, après l'examen de leur projet de recherche ; alors pendant plusieurs mois j'ai travaillé sur ce projet ; je ne l'avais dit à personne à Amiens, Elena ne le savait pas, même elle, j'avais peur qu'elle ne trouve mes ambitions trop grandes, démesurées et donc risibles ; je ne le disais pas aux autres, parce que j'avais peur de leur rire, d'un rire qui m'aurait cloué au passé. Il fallait des lettres de recommandation et Didier avait proposé de m'en écrire une, je continuais d'assister à tous ses séminaires à l'université d'Amiens.

Je me préparais surtout en continuant à lire le plus de livres possible. Je lisais la nuit, pendant les repas, je lisais frénétiquement tous les livres que Didier m'avait conseillés le lendemain de notre première rencontre et les autres que je découvrais par la lecture elle-même, chaque lecture en engendrait une autre, chaque livre me menait vers un autre livre – et chaque livre m'éloignait de mon « moi » passé. Je voyais Didier entre le moment où il sortait de ses cours à l'université et celui où il prenait le train du soir qui le ramenait à Paris. Quand je regardais le train se mettre en marche et s'éloigner j'essayais de me représenter cette vie pleine de secrets et de mystères qui se cachait derrière le mot Paris, et que mes allers-retours d'un ou deux jours n'avaient pas suffi à dévoiler. Je pensais : *bientôt ce mot sera ma vie. Bientôt moi aussi je serai un mystère pour les autres, pour ceux qui sont restés ici.*

Pendant les cafés avec Didier, il me donnait des conseils de lecture, ou il me les envoyait par e-mail le soir.

D Didier ERIBON 12 août 2010
à moi

vous pouvez lire aussi Frantz Fanon : Peaux noires, masques blancs...

Et si vous avez le temps : les livres de Genet : Jounral du voleur, Notre-Dame des Fleurs.

Et bien sur (mais là, il faut beaucoup de temps, le livre de Sartre : Saint Genet.

Vous pouvez lire également Marcel Jouhandeau : De l'abjection (c'est assez magnifique, si vous laissez de côté de côté chrétien, un peu envahissant, mais qui lui donne un cadre pour penser cette très belle idée d'invention de soi à travers l'injure dont on est l'objet).

Pour une réflexion théorique : Bourdieu : Méditations pascaliennes.

voilà... avec ça, vous devriez pour aller jusqu'à la rentrée!!!

•••

Je ne faisais pas que l'écouter quand il parlait, j'absorbais la plus anecdotique de ses phrases, le moindre de ses mouvements. (Je me souviendrai un jour, plusieurs années après ces moments avec Didier – un jour c'est-à-dire quand tout ce qui avait été énergie, désespoir, combats, deviendra souvenir –, je me souviendrai que la première fois que j'avais retrouvé Didier dans un café du centre-ville d'Amiens, Didier avait commandé au serveur d'une voix faible et douce un expresso et un verre d'eau, et pendant des mois ensuite j'avais commandé la même chose que lui chaque fois que l'occasion se présentait, chaque fois que c'était possible, l'association du café et du verre d'eau, en plus du ton feutré que Didier avait utilisé, me semblait le signe d'une distinction extrême, un signe d'appartenance à une classe inaccessible pour moi – et à laquelle je voulais appartenir, justement à cause de ce sentiment d'inaccessibilité.)

Mais il fallait me concentrer sur le concours de l'École normale, je devais rédiger le projet de recherche. Je ne savais pas comment m'y prendre et je procédais comme j'avais toujours procédé quand j'avais voulu changer : j'imitais. J'avais lu quelque part que Jean-Paul Sartre lisait un livre par jour pendant sa jeunesse et je pensais qu'il fallait faire la même chose que lui. Je lisais pendant une grande partie de la nuit pour maintenir ce rythme humainement impossible, Elena me trouvait fatigué, elle me le faisait remarquer, je maigrissais. À partir de mes lectures j'esquissais l'écriture du projet, j'exposais mes idées à Didier et il me donnait des conseils, d'autres titres de livres à lire, *Il faut continuer, il faut continuer*. Et je continuais, tous les jours et même plusieurs fois par jour je me connectais au site internet de cette école, je contemplais les photos des bâtiments, de la cour, de la fontaine trônant au milieu de la cour et je priais dans ma tête, faites que je sois accepté, une prière aussi simple et banale que celle-là, sans savoir exactement à qui ce *faites* s'adressait.

Je demandais à Babeth à la Maison de la culture des heures supplémentaires au théâtre pour gagner plus d'argent et pouvoir acheter plus de livres, je travaillais, j'achetais des livres, je les lisais, le manque de sommeil s'accumulait dans mes muscles mais je me rassurais en me disant que je me reposerais plus tard, une fois sauvé pour de bon ; le repos était devenu une promesse.

Ludovic

Je continuais mes voyages à Paris le week-end. J'avais réussi à trouver une manière de coupler la nécessité vitale de rencontrer des hommes et celle physique de travailler ; j'arrivais le samedi par le train et je marchais de la gare du Nord jusqu'à une bibliothèque de la Ville de Paris qui fermait tard le soir ; à la bibliothèque je travaillais, c'est-à-dire que je lisais, je lisais jusqu'à en avoir mal aux yeux, je prenais des notes, et j'essayais de les mémoriser pour l'épreuve orale – si j'étais retenu pour l'épreuve orale. J'achetais des carnets que je remplissais de mes notes de lecture. Je travaillais avec l'énergie du désespoir, j'avais l'impression que si je ne lisais pas tous les livres du monde, si je ne connaissais pas tout, j'échouerais, il fallait rattraper le temps perdu sur ceux qui allaient faire partie de ma nouvelle vie à Paris et que je voyais partout autour de moi pendant ces séances de travail à la bibliothèque, ceux qui avaient lu depuis les premières années de leur vie, contrairement à moi, qui avaient des connaissances et une culture que je n'avais pas, des références que je ne soupçonnais même pas, je ne voyais plus ma vie que comme une course de vitesse dans laquelle j'aurais commencé à courir trop tard, au moment où tous les autres auraient déjà presque franchi la ligne d'arrivée, il fallait rattraper ce retard impossible.

Il faut que je me sauve. Je mangeais un sandwich dans la cour de la bibliothèque aux alentours de vingt heures, que j'avais préparé à Amiens avant de prendre le train, puis je retournais devant un des bureaux à disposition entre les étagères de livres pour travailler et quand je sortais après la fermeture de la bibliothèque, dans la nuit – c'est presque toujours la nuit que je sortais –, je me dirigeais vers le quartier des bars où je savais que je pourrais trouver ce que je cherchais, quelqu'un avec qui passer la nuit, chez qui je pourrais dormir. Je marchais encore étourdi par les heures de lecture et de concentration, les concepts nouveaux et les idées palpitaient sous mes tempes.

Je dormais chez un inconnu, presque toujours un nouveau, et le dimanche midi je retournais à la bibliothèque, je travaillais toute la journée, comme le samedi. Le dimanche soir je rentrais à Amiens, la tête pleine non seulement de tout ce que j'avais appris en travaillant mais aussi de toutes les rencontres que j'avais faites, des appartements dans lesquels j'étais entré, ceux des hommes qui m'invitaient à dormir chez eux, un joueur de football qui m'avait emmené chez lui dans la banlieue lointaine en me demandant de dire que j'étais un ami du travail si quelqu'un nous croisait, un banquier qui vivait dans un immense appartement, un photographe déchu. Les retours à Amiens le dimanche au moment où le soleil se couchait étaient des retours dans le passé, dans ce que je voulais être passé, comme si je vivais les sentiments en avance sur la réalité, vivant Amiens comme le lieu de mon passé alors qu'il était celui de mon présent et Paris comme celui de mon présent alors qu'il n'était encore que mon futur – un futur seulement potentiel, virtuel.

C'est dans un de ces bars du Marais où souvent je cherchais quelqu'un chez qui dormir que j'ai rencontré Ludovic. Très vite je me suis rapproché de lui, parce que j'avais été touché par sa gentillesse avec moi, et parce qu'il correspondait à ce que je voulais devenir ; il enseignait dans une grande université parisienne, il voyageait, il avait de l'argent, il faisait pleinement partie de la vie à Paris. Il allait au théâtre, à l'opéra. Je voulais qu'il me prenne dans sa vie, comme Elena ou Didier. Il m'invitait à dormir chez lui, à passer des soirées avec lui dans des restaurants luxueux à la lumière tamisée, et où souvent, à la fin du repas, le chef venait nous saluer. Il me disait c'était un signe de distinction, avec lui je continuais la transformation de moi-même. D'autres fois, il m'emmenait à l'hôtel. Il disait que dormir à l'hôtel lui donnait un sentiment de liberté et c'était étrange de penser à certaines personnes dans mon enfance qui ne mangeaient pas tous les jours, faute d'argent, pendant que d'autres dormaient à l'hôtel simplement pour un *sentiment de liberté*. Je n'avais plus besoin de chercher un endroit où passer la nuit quand j'arrivais à Paris le samedi après-midi, grâce à Ludovic. Je travaillais à la bibliothèque pendant la journée, et le soir je le rejoignais. Le dimanche, il m'emmenait déjeuner dans des salons de thé, où il était possible de boire du thé et du champagne pendant un même repas. Ces repas s'appelaient des *brunchs*, je ne connaissais pas le mot. (Aujourd'hui je suis obligé de me poser la question : est-ce que j'utilisais Ludovic ? Est-ce que je m'étais rapproché de lui parce que j'avais compris qu'il pourrait m'aider dans mon projet d'arrivée à Paris ? Je ne le pense pas.)

Je parlais à Ludovic de l'École normale supérieure ; il avait été élève là-bas, il me donnait des conseils sur la façon d'écrire mon projet et sur l'épreuve orale qu'il faudrait passer si je franchissais la première étape. Les samedis après-midi à Paris je voyais Didier parfois mais j'étais encore trop intimidé par lui et après chaque rendez-vous je me sentais écrasé par la mélancolie. Je me comparais. Tout ce qu'il avait accompli, les livres qu'il avait écrits, l'intellectuel célèbre qu'il était, tout m'écrasait parce que tout ce qu'il était me rappelait tout ce que je n'étais pas. Il m'avait présenté au garçon avec qui il était en couple, Geoffroy, qui commençait lui aussi à écrire des livres.

Projet, suite et fin (l'espoir)

Un jour, le projet a été fini. J'avais travaillé pendant plus d'un an, une année à rêver du départ pour Paris. J'ai relu plusieurs fois ce que j'avais écrit, j'ai imprimé le projet chez Geoffroy, j'ai réuni toutes les pièces administratives qu'il fallait et j'ai marché jusqu'aux bâtiments de l'École normale. C'était un vendredi après-midi, j'étais arrivé à Paris un jour plus tôt que d'habitude. Je m'étais habillé le mieux possible, avec ma plus belle chemise et ma plus belle cravate, serré dans un gilet de costume et une veste, j'ai pris le métro et quand je suis arrivé dans la cour de l'École je pensais encore : *si tu es ici tu es sauvé*. Je ne remarquais pas que j'étais le seul à être habillé comme ça, de manière aussi formelle, que j'avais essayé de m'habiller comme je pensais que les élèves s'habillaient dans ce genre d'école. J'ai frappé à une porte et une petite femme brune m'a invité à entrer ; je souriais ; je voulais qu'elle m'aime. Elle a pris mon dossier dans ses mains et je lui ai demandé combien de dossiers comme celui-là elle recevait. Elle m'a répondu « plusieurs centaines, et dans votre section il n'y aura que deux ou trois admis, la concurrence est rude ! ». Je ne sais plus ce que je lui ai répondu, j'imagine que je lui ai dit une phrase banale comme « je croise les doigts », je suis sorti et j'ai pensé, Je vais y arriver.

Il fallait attendre les résultats mais je savais que de toute façon je déménagerais à Paris à l'automne, même si j'échouais.

Je faisais de plus en plus d'allers-retours entre Amiens et Paris, ma présence à Amiens s'était réduite aux deux ou trois jours par semaine que je passais avec Elena, mais tous les jours je lui ressemblais un peu moins, je m'éloignais. Quand je la retrouvais la semaine j'avais l'impression de voir la personne que j'avais été avant, comme si elle avait été une photographie de mon passé.

Je luttais pour qu'elle adhère à ma transformation et pour qu'elle se transforme elle aussi, avec moi. Je lui parlais des livres que je lisais, je la poussais à les lire ; je la poussais à adopter mon nouveau mode de vie, je l'invitais à faire des *brunchs* avec moi, à s'habiller d'une autre manière, que j'imaginais plus parisienne. C'était comme si les images de mes débuts à Amiens s'inversaient, maintenant c'était moi qui tentais de la transformer, mais j'échouais. Est-ce qu'elle m'en voulait inconsciemment de cette inversion, du fait que c'était moi maintenant qui lui apprenais des choses ? Je lui parlais de mes projets, de Paris et je lui demandais de venir vivre avec moi ; mais plus je changeais, plus elle me voyait changer, et plus elle se solidifiait et se crispait sur ce qu'elle était – c'est-à-dire ce que j'avais été. On se disputait, elle criait qu'elle méprisait les Parisiens et leur snobisme, et que si je continuais à devenir comme eux elle allait finir par me mépriser moi aussi. Elle détestait mon adhésion naïve et aveugle aux règles de la bourgeoisie. Elle criait pendant nos disputes qu'elle voulait lire pour le plaisir et pas pour accumuler des connaissances, comme je le faisais, pas pour accumuler du pouvoir ; elle qui m'avait offert les premiers livres de ma vie, qui m'avait emmené voir des films d'auteur au cinéma pour la première fois, elle disait maintenant que toutes ces choses-là la dégoûtaient, qu'elle ne voulait surtout pas devenir comme moi. Je m'acharnais quand même ; je voulais qu'elle connaisse Didier, je pensais qu'elle changerait peut-être d'avis si elle le connaissait, qu'elle voudrait venir vivre à Paris avec moi.

Je les ai réunis tous les deux dans un café ; j'avais dit à Didier qu'Elena était ma meilleure amie, et pendant une heure nous avons parlé. Didier lui posait des questions. Il essayait de la connaître mais elle ne répondait pas d'une manière habituelle ; je voyais qu'elle souffrait. Après le verre, j'ai proposé à Didier de prendre le bus avec lui pour le raccompagner à la gare ; il rentrait à Paris le soir même. Elena a marché avec nous vers l'arrêt de bus, je lui ai dit au revoir et quand le bus où j'étais assis à côté de Didier a démarré, Elena a levé sa main vers lui et elle lui a fait un doigt d'honneur, le visage tordu par une expression de douleur et de tristesse.

Résultat

La nouvelle est arrivée un matin à Amiens, quand je me suis réveillé. J'ai ouvert les yeux, je suis allé dans la cuisine et j'ai découvert que j'avais reçu un courrier pour m'annoncer que j'étais retenu pour l'épreuve orale du concours. J'ai pleuré et j'ai appelé Didier pour lui raconter. Je parlais vite, d'une voix incontrôlable. Je suis allé marcher dans la ville et j'ai regardé autour de moi, je dévisageais les maisons de brique et les rues comme si je les voyais pour la dernière fois, je faisais mes adieux, je voulais tout retenir, tout photographier.

L'épreuve orale était prévue à peine une semaine plus tard et pendant une semaine j'ai lu autant que j'ai pu, j'ai préparé des phrases et noté des idées sur différents sujets, je m'entraînais à parler devant le miroir. J'avais demandé à Léa et Lucas de me remplacer à la Maison de la culture, je devais donner tout mon temps à la préparation de l'oral et bien sûr ils avaient accepté, même si je ne leur avais pas expliqué pourquoi je ne pouvais pas venir travailler ; je leur disais que c'était important mais sans plus de précisions. (Je ne l'ai pas encore dit mais évidemment je ne parlais pas de cette épreuve aux gens autour de moi à Amiens aussi par peur d'échouer, par peur de devoir dire aux autres que j'avais échoué si ça avait été le cas, parce que – stupidement – j'aurais ressenti l'aveu de l'échec comme l'aveu d'une faiblesse.)

La veille de l'épreuve, je suis allé à Paris. Didier m'avait conseillé de venir un jour plus tôt pour me préparer avec lui et Geoffroy, j'avais suivi son conseil, ils se mettaient dans le rôle du jury et ils me posaient des questions, tous les deux assis sur le lit de Geoffroy et moi, debout, face à eux. J'essayais de répondre le mieux possible mais après chacune de mes réponses je pensais : *je ne vais jamais y arriver.* Le soir j'ai dormi à l'hôtel. Didier m'avait réservé une chambre pour que je puisse y passer la nuit dans de bonnes conditions avant l'oral du lendemain, il l'avait payée – comme pour Babeth, Ludovic, et d'une certaine manière, Elena, je me pose la question : pourquoi est-ce qu'il avait décidé de prendre en charge mon destin ? Est-ce que c'était moi qui suscitais ce mouvement chez les gens, est-ce que mon désespoir infini et mon espoir sans limites, leur coexistence en moi, étaient visibles ?

Dans le métro qui me conduisait vers l'École normale, la phrase martelait tout mon corps, toujours la même phrase : *Si tu y arrives tu es sauvé.* J'essayais de penser à autre chose mais je ne pouvais pas me fuir moi-même, les mots et la réalité étaient plus forts que moi, je ne pouvais pas produire d'autres pensées, *Si tu y arrives tu es sauvé.*

Je portais une chemise et une veste mais Didier m'avait déconseillé de mettre une cravate, trop formel. Je suis descendu de la rame du métro et j'ai monté l'escalier jusqu'à la rue, j'ai fait quelques centaines de mètres et quand je suis arrivé devant l'entrée de l'École mes jambes sont devenues lourdes, marcher était trop difficile, comme si soudain je me déplaçais dans un océan à contre-courant des vagues ou dans une rivière d'argile. Le coin de mes lèvres tremblait, j'essayais de sourire aux gens autour de moi mais mon sourire se transformait en tremblement. Tous les élèves que je croisais dans les couloirs me paraissaient plus beaux que moi, plus intelligents que moi, je voyais inscrite sur leur corps leur appartenance à un monde privilégié, j'avais appris à voir ces choses-là au premier coup d'œil, je savais, je voyais toute leur enfance dans la posture de leur corps ou dans leur manière de se recoiffer, dans quelque chose d'aussi minuscule et *a priori* anecdotique, je voyais dans leur façon de regarder autour d'eux, simplement dans leur manière de poser leurs yeux sur les autres, les voyages de leur enfance, les conversations avec leurs parents, les livres qu'ils avaient lus à l'âge de six, sept ans, les plats qu'ils avaient mangés, toute leur histoire était inscrite en eux, il suffisait de savoir la lire et je savais le faire, j'avais acquis ce pouvoir. Un homme m'a appelé par mon nom dans le couloir, monsieur Bellegueule ? Plusieurs personnes se sont tournées vers moi, ils devaient croire à une blague, ils devaient penser que personne ne pouvait porter un nom aussi ridicule. Mes jambes étaient encore plus lourdes, j'avais peur de ne plus pouvoir faire de mouvement et de tomber sur le sol, de tout gâcher, à ce stade, après des mois de travail et d'effort, alors que j'étais plus près du but que jamais.

Devant le jury je me suis mis à croire que je pouvais y arriver.

Je me suis souvenu de tout ce que j'avais appris, toutes les fiches rédigées au cours des mois précédents, des conseils donnés par Didier et Geoffroy, de notre entraînement la veille ; tout revenait. Je parlais facilement, avec, je crois, de l'aisance et de l'assurance dans la voix, la peur avait disparu. L'homme qui m'avait posé la plupart des questions m'a remercié et je suis sorti. J'étais sûr d'avoir réussi, j'ai appelé Didier pour lui raconter ce qui s'était passé mais il réfrénait mon enthousiasme, il le faisait par générosité, je le comprends aujourd'hui, il voulait que la chute ne soit pas trop difficile en cas d'échec.

Quelques jours plus tard j'ai reçu un courrier pour me dire que j'étais admis. Je suis tombé sur les genoux, j'ai pleuré encore une fois, tout changeait autour de moi, le sens de mon passé et de mon futur, mon regard sur ma vie et sur les autres, même la qualité de l'air et de la lumière semblait se transformer. Je me répétais : *je suis sauvé, je suis sauvé.*

Entretien imaginaire devant un miroir

À partir de ce moment-là tu as dû être encore plus impatient de quitter Amiens.

C'était plus que de l'impatience. Plus mon départ pour Paris approchait et plus je suffoquais à Amiens ; je me sentais pris au piège. La certitude du futur rendait la réalité du présent insoutenable – je veux dire, la certitude que j'avais d'aller à Paris, et d'y aller pour étudier dans cette école qui représentait pour moi, je te l'ai dit, le signe d'une rupture définitive. En étudiant là-bas j'avais l'impression de fuir encore plus, d'aller encore plus à Paris que si j'avais étudié ailleurs, comme si Paris n'était pas le nom d'une ville mais d'une certaine réalité sociale, et qu'en accédant à cette école j'étais encore plus présent dans la ville – tu comprends ?

Je ne savais pas encore qu'une fois entré dans cette école, elle n'aurait plus aucune importance pour moi.

J'ai proposé à Elena de prendre un verre à la terrasse d'un café, il faisait beau, une chaleur de fin d'été. Je me suis assis face à elle et je lui ai annoncé que je partais pour Paris un mois plus tard, je déménageais. Elle savait que mon projet était devenu concret mais elle n'imaginait pas que tout se passerait aussi vite, je crois. Et puis je lui ai dit que j'étais admis dans cette école, que j'avais préparé le concours depuis des mois sans lui en parler.

Comment est-ce qu'elle a réagi ?

Je ne m'en souviens pas. Je ne me souviens que de la déchirure en moi. Je l'aimais encore mais je sentais que le Moi qui pensait « je l'aime encore » n'était pas le Moi qui l'avait aimé. J'avais trop changé, je n'étais plus la même personne. Et pourtant je l'aimais. C'est un sentiment difficile à expliquer… J'essayais de m'accrocher à une relation mais je me rendais compte qu'une relation n'existe jamais en tant que telle, j'apprenais cette évidence, elle est un lien entre deux personnes, et moi je n'étais plus cette personne, celle de la relation avec Elena. J'étais nostalgique d'un fantôme.

J'aurais voulu supplier Elena de changer aussi, comme moi, dans le même sens que moi, de se mettre à avoir mes nouveaux rêves, mes nouveaux centres d'intérêt. Je voulais la secouer par les épaules, je voulais lui ordonner de devenir comme moi, lui crier au visage de vouloir vivre à Paris elle aussi, de vouloir vivre toutes les vies, comme moi, de vouloir tout transformer. Tout, comme moi…

Elle l'a annoncé à Nadya et Nadya a préparé une petite fête en mon honneur, la sœur d'Elena avait fait un gâteau pour l'occasion et elle avait écrit sur le gâteau ENS, sur un glaçage en chocolat.

Ç'aurait dû être une soirée de fête, mais toute la soirée a eu le goût de cendre.

La soirée s'est fatalement transformée en une cérémonie funèbre, une cérémonie de séparation.

Et ensuite ?

Les bruits ont commencé à se répandre dans la ville. J'avais dit à plusieurs personnes que je partais, et pourquoi. Et puis j'ai vu sur Internet que des gens – des personnes que je connaissais depuis plusieurs années, avec qui j'avais été ami – disaient que j'avais couché avec Didier pour « réussir » – c'est un mot ridicule mais c'est celui qu'ils employaient. Ils disaient que j'étais un ambitieux, un égoïste, un arriviste, que j'avais profité de tout ce que j'avais appris à Amiens et de mes amis là-bas pour m'en sortir, et pour partir à Paris. Quand je marchais dans la rue je sentais des regards hostiles sur moi – je sais que ce que je dis paraîtra exagéré mais pourtant c'est vrai. Les rumeurs proliféraient, chaque rumeur en faisait apparaître d'autres, plus grandes et plus laides. Pourquoi est-ce qu'ils ont réagi comme ça ? Est-ce qu'en voulant changer, je leur rappelais qu'ils ne le faisaient pas ? Est-ce que je suis arrogant en posant cette question ? Non je ne le suis pas, parce que je ne crois pas à la supériorité de ceux qui changent sur ceux qui ne changent pas, à ce moment-là oui, mais plus aujourd'hui… j'essaie de comprendre. Ou peut-être qu'il existe une détestation du changement, sans cause, sans explication, qui se transmet entre les corps et à travers le temps, je ne sais pas.

Comment tu as réagi à ces rumeurs ?

Je n'avais pas de langage pour ça. J'étais paralysé. Je ne pouvais que crier quand j'étais seul.

Je me souviens d'une fille, Clothilde, qui avait été au lycée avec Elena et moi, et qui à partir de ce jour a écrit sur les réseaux sociaux que j'avais profité de la culture d'Elena et de sa famille, de tout ce qu'ils m'avaient transmis sur l'art ou le cinéma. Qu'est-ce que je pouvais répondre à ça ? L'accusation était tellement laide qu'elle me réduisait au silence. Je ne pensais plus qu'une chose : il faut partir, il faut partir.

Adieux

J'avais déjà commencé à chercher un endroit où vivre à Paris. Je n'avais pas assez d'argent pour louer un appartement et je remplissais des formulaires pour tenter d'obtenir une chambre dans une résidence universitaire. Je parlais à Ludovic de mes démarches administratives quand il m'a proposé de vivre chez lui ; le soir tombait, Ludovic marchait à ma gauche, il poussait son vélo qu'il ne quittait presque jamais. Il était propriétaire d'un petit studio dans le centre de Paris, place de la République, en plus du grand appartement où il vivait avec ses enfants. Je pouvais rester gratuitement dans le studio, je n'aurais pas de loyer à payer. Sa proposition changeait tout, le futur me semblait presque facile, tout était en place. J'ai pris Ludovic dans mes bras et je l'ai embrassé sur la joue.

Le déménagement approchait. À Amiens, je faisais le décompte des jours qu'il me restait avant le départ, je pensais : *plus que vingt et un jours, allez, plus que vingt jours et tu seras parti d'ici*. J'avais rempli une dizaine de cartons, je n'avais rien à part mes vêtements et les livres achetés depuis la rencontre avec Didier. J'avais démissionné de la Maison de la culture, Babeth m'avait pris dans ses bras ; elle m'avait dit qu'elle était fière de moi, qu'elle était certaine que j'accomplirais de grandes choses à Paris, c'était une des seules personnes à Amiens qui se réjouissait de mon départ, elle, en plus de celles et ceux avec qui je travaillais, Christiane, Satine, Lucas, Léa et les autres, je ne sais pas pourquoi les gens là-bas étaient aussi différents du monde qui les entourait, peut-être parce qu'une grande partie d'entre eux étaient des artistes et qu'ils voyaient ce travail au théâtre comme une étape de leur vie, qu'ils pensaient partir un jour eux aussi et que l'espoir du départ était contenu dans leur présence. Elena avait besoin d'argent et j'avais demandé à Babeth de l'embaucher à ma place, Babeth me faisait confiance, elle m'a promis qu'elle l'embaucherait (et elle a tenu sa promesse, la semaine après mon départ).

Il fallait dire au revoir à Elena. Je lui ai donné rendez-vous à la terrasse d'un café. Elle m'attendait, je la voyais de loin, son téléphone et un verre posés sur la table devant elle. Le soleil était trop fort, il agressait ma peau et asséchait ma bouche. Je me suis assis, j'ai regardé Elena mais je ne trouvais rien à dire. Le soleil me brûlait. J'ai quand même essayé, je lui ai demandé encore une fois de venir avec moi, *On aura l'appartement de Ludovic, on sera ensemble. Tu pourras faire tout ce que tu voudras*.

Elle m'a redit que sa vie n'était pas à Paris, mais ici. Je n'ai plus insisté. Je suis resté près d'elle sans rien dire. Dehors, les gens marchaient, ils riaient, c'était l'action du soleil sur leur peau qui les faisait sourire. Je cherchais quelque chose, une phrase à prononcer mais plus je cherchais et plus la possibilité de trouver une phrase à dire semblait s'éloigner. J'essayais de ne pas pleurer parce que je savais que mes larmes auraient rendu mon départ plus réel, qu'elles auraient rendu plus réel mon abandon. Dans le silence, des images me sont revenues, celle de la première fois, quand Romain m'avait montré Elena au milieu de la cour du lycée ; la première fois que j'avais lu près d'elle, à la bibliothèque, fasciné par sa capacité de concentration ; la baignade avec elle dans la mer glacée, la première fois que j'avais dansé avec elle et que j'avais reniflé ses cheveux, des scènes de son rire, son rire sonore qui emplissait toute la pièce dans laquelle elle se trouvait. Je me suis souvenu de cette nuit où après avoir trop bu j'avais dormi blotti contre son corps, dans son lit minuscule, réchauffé par la température de sa peau, à peine conscient mais rassuré par elle ; de la fois où j'avais failli mourir d'une péritonite et où elle avait passé deux semaines avec moi au lit, à me nourrir, à essuyer mon front couvert de sueur. Je pensais : *ne pleure pas, il ne faut pas pleurer*. Je ne savais pas ce qu'Elena pensait à côté de moi, j'imagine qu'elle m'en voulait. Après presque une heure sans rien dire, je me suis levé et j'ai dit que je devais partir. C'était fini.

Dans une première version de ce livre je commençais mon récit par ces mots :

L'histoire de ma vie est une succession d'amitiés brisées. À chaque étape de cette vie, de cette course contre moi-même, j'ai dû me séparer de personnes que j'avais aimées pour pouvoir avancer plus encore. Je ne le décidais pas, et eux non plus : je me battais pour me transformer, eux n'avaient pas la même obsession, ils restaient tels que j'avais été quand je les avais connus, et soudain on ne se ressemblait plus ; on ne trouvait plus rien à se dire, on ne se comprenait plus. Il ne me restait qu'à partir à la recherche de nouvelles personnes qui m'accueilleraient, avant que mon désir de transformation ne me propulse encore vers une autre vie, et me pousse à les abandonner à leur tour.

Un monologue d'Elena (hommage à Jean-Luc Lagarce)

Lorsque tu es parti,
– je me souviens de tout –
il a fallu comprendre. J'ai dû comprendre que je n'étais pas ta vie mais que je n'avais été qu'un moment de ta vie.
Et que j'avais eu tort.

Est-ce que je suis coupable ?
Peut-être que j'ai fait quelque chose de mal,
Je ne sais pas
Tu aurais pu me le dire.
Pourquoi est-ce que tu ne me l'as pas dit
tu aurais pu me le dire
si j'ai fait ou si j'ai dit quelque chose de mal,
Une erreur
J'aurais changé.
J'aurais pu changer.
On ne peut pas partir comme ça sans laisser à l'autre une chance de s'améliorer,
Ce n'est pas juste
Tu m'entends ?
Pourquoi est-ce que tu ne m'as pas laissé ma chance ?

Non je n'ai pas fait d'erreur
Je ne sais pas pourquoi je dis ces choses-là
Je me laisse avoir,
ce qu'on dit,
Je parle mais je sais
Je connais la réponse
Et la réponse c'est Toi

Ce n'est pas mes erreurs qui t'ont fait partir mais ton égoïsme,
La réponse n'est nulle part en moi
Elle est entièrement à l'extérieur de moi
Il ne faut pas se tromper là-dessus
Il ne faut pas se laisser être manipulée
Tu voulais faire ta vie,
C'est toi-même qui disais cette phrase quand je te faisais des reproches
C'était ta manière de ne pas répondre
Je dois faire ma vie
Et pour toi je n'étais qu'une étape.

J'aurais dû m'en rendre compte.

Je voulais être ton point d'arrivée et je n'étais que le point de départ.

C'est idiot,
Je pensais faire ma vie avec toi.
On en parlait, on rêvait,
Tu serais professeur d'histoire et moi journaliste ou artiste,
Pas une grande artiste,
non,
ça ne m'intéressait pas,
Je n'ai jamais rêvé de la gloire,
Juste une petite artiste dans une petite ville de province,

Avec quelque chose à faire
Une artiste sans public,
Mais nous aurions été heureux.

J'aurais été heureuse.

Pourquoi est-ce que tu es parti

Il me reste des images
Tu marches sous la pluie près de moi
Tu chantes dans le creux de mon oreille
Tu chuchotes
Tu es là

Est-ce que tu te souviens de la fois où tu es arrivé le visage recouvert de maquillage ?
C'était au pied de la cathédrale
Tu te trouvais laid, il fallait toujours que je te rassure là-dessus
Et ce jour-là,
Tu avais décidé de te maquiller à cause de la haine que tu avais pour ton propre visage

Quand je t'ai vu arriver avec ton visage orange
– tu ne savais pas te maquiller, tu ne l'avais jamais fait –
J'ai ri.
Je ne pouvais pas arrêter mon rire
Tu étais ridiculement orange,
Je te regardais et je riais,
Mais mon rire ne t'a pas blessé,
Tu te souviens
Tu n'étais pas blessé
Toi qui étais toujours si susceptible
et qui te vexais pour rien

Tu as ri avec moi.
Je t'ai dit : Mais tu es orange !

J'ai pris un mouchoir dans ma poche, je l'ai mouillé avec ma salive et j'ai nettoyé ton visage.
Je tenais ton visage dans ma main et le mouchoir dans l'autre
Tu me laissais faire
Et je t'ai dit : ne te cache pas. Tu es beau, tu n'as pas besoin de te cacher.
Ne te cache pas

C'est trop tard maintenant
Toutes ces images disparaîtront.

Est-ce que c'est une forme de prétention d'imaginer la douleur d'Elena ? En vérité c'est ma douleur à moi que je mets à l'intérieur de ses mots imaginés, mes regrets, ma nostalgie. C'est l'Autre Moi, celui qui aurait voulu rester, qui parle, et qui en parlant me fait des reproches.

Arrivée

Juliette, la nouvelle amie d'Elena et moi rencontrée à l'université à Amiens, avait entassé mes cartons dans sa voiture ; j'avais pris le train et elle m'avait rejoint à Paris. Je l'attendais en bas de l'appartement de Ludovic, elle est arrivée et nous avons monté les cartons – en moins d'un après-midi le déménagement était terminé. Ludovic avait laissé une minuscule table, une chaise et un canapé-lit dans l'appartement, j'ai posé mes livres sur le sol et rangé mes vêtements dans l'unique placard. Juliette a passé la nuit chez moi, avec Guillaume, qui venait de se fiancer avec elle, nous avons partagé le canapé-lit à trois, serrés les uns contre les autres, le lendemain elle est rentrée à Amiens, et quand je me suis retrouvé seul dans le studio, j'ai regardé autour de moi. J'ai pensé : C'est ici maintenant chez toi. Tu vis à Paris. Tout peut commencer.

Je suis allé marcher dans les rues et j'observais les gens autour de moi. Je me disais que j'habitais dans cette ville, comme eux, ces gens que je voyais quelques mois avant se déplacer dans les rues de Paris avec leur sac de courses et que j'enviais, dont j'essayais de deviner la vie, j'en faisais partie, et de l'extérieur on aurait peut-être pu croire que j'avais toujours fait partie de cette vie, que j'avais toujours été là, dans cette ville, peut-être qu'on aurait pu m'envier à mon tour. Quand je suis remonté dans l'appartement, j'ai pris une feuille de papier et j'ai noté le programme pour ma vie à venir :

Changer mon nom (aller au tribunal ?), Changer mon visage, Changer ma peau (tatouage ?),

Lire (devenir quelqu'un d'autre, écrire), Changer mon corps, Changer mes habitudes, Changer ma vie (devenir quelqu'un).

Je ne sais pas si c'est tout le monde mais pour moi, quand le processus de ma transformation avait commencé, il était devenu un travail plus que conscient, une obsession permanente.

Certaines personnes racontent leur transformation comme un processus lent, comme une superposition de changements successifs du corps et d'états du corps, de la manière d'être, d'exister, tellement étalés et diffusés dans le temps qu'ils n'ont pas besoin de la conscience ou de la volonté pour s'accomplir, certaines personnes expliquent que c'est au contact d'autres types de corps et d'individus que ceux qu'ils avaient connus dans la première partie de leur vie qu'ils ont changé, en intériorisant, souvent de manière diffuse, les attitudes de ces corps et de ces individus nouveaux. Ça n'a pas été mon cas. Je voulais tout changer, et que tout dans le progrès de mon changement soit le résultat d'une décision. Je voulais que plus rien n'échappe à ma volonté.

J'ai regardé par la fenêtre à ma gauche dans le petit appartement de Ludovic, j'ai observé le ciel, les toits des bâtiments et les corps dans la rue, au loin, et j'ai pensé « Tout commence ».

III

Courtes lettres pour un long adieu

(explications fictives avec Elena)

Les premiers jours quand je suis arrivé à Paris c'est la liberté des commencements que j'ai vécue et ressentie, si particulière, comparable à aucune autre forme de liberté, la même que j'ai éprouvée avec toi quand j'ai emménagé dans l'appartement du boulevard Carnot. Je me réveillais le matin et je regardais autour de moi. Je voyais le canapé-lit sur lequel j'étais allongé, la cuisine, la petite table et la chaise assortie pour travailler et pour manger, les livres que j'avais apportés d'Amiens et je pensais : Je suis chez moi. Je suis libre.

Je pensais : Je n'aurais jamais pu espérer aller aussi loin.

J'avais peur de t'en parler à ce moment-là pour ne pas aggraver la distance entre nous, mais c'était comme si tout avait été beau à Paris, je peux te le raconter aujourd'hui, les années ont passé, tout était beau, même les choses les plus insignifiantes, aller acheter de l'eau à l'épicerie en bas de chez moi, porter mon linge jusqu'à la laverie, acheter des produits ménagers, même les pires choses, les plus banales et les plus ennuyeuses, comme remplir des formulaires administratifs, parce que tout ce que je faisais était comme une confirmation de ma liberté, et comme la preuve que j'avais réussi.

[Est-ce que je te manquais ?]

Je continuais d'explorer Paris comme je l'avais fait pendant mes premiers allers-retours, quand la capitale n'était encore qu'un fantasme, je me couchais quand je voulais, je lisais, je rencontrais des hommes, j'allais en cours à l'École normale supérieure avec le sentiment grisant et naïf d'appartenir à une élite, tous ces gestes du quotidien je les vivais comme des actes conquis contre la fatalité.

J'essayais de t'oublier. La phrase qui revenait en moi, que je me répétais, c'était que *je devais vivre toutes les vies*, et je crois que je me disais que c'était cet impératif qui nous avait éloignés, pas moi ou mes décisions mais une nécessité plus forte que moi. Que je n'étais pas la cause. Ce que je me disais, c'est que, logiquement, j'aurais dû ne connaître que la vie du Nord, puisque tous ceux avec qui j'avais grandi n'avaient pas pu y échapper, tu le sais, qu'ils grandissaient et qu'ils mouraient dans la région où ils étaient nés, et tous les jours je sentais en moi le mouvement d'un bonheur de survivant. Je me rappelais ces fois où des garçons du village avaient annoncé qu'ils partaient vivre ailleurs, dans une grande ville, pour devenir cuisiniers ou serveurs, les seuls métiers accessibles pour eux, sans diplômes et sans connaissances, avant de rentrer quelques semaines plus tard en murmurant, les yeux baissés, qu'ils avaient échoué, que c'était trop difficile, trop cher, qu'ils avaient perdu leur travail, comme si le village les avait rappelés. Je voulais par contraste que rien ne puisse m'échapper. Tout vivre c'était me venger de la place qui m'avait été assignée par le monde à la naissance. Et ça, est-ce que je me trompe ?, tu ne le comprenais pas.

Tu ne voyais que l'abandon.

J'avais rencontré un créateur de mode dans un bar. C'était juste après l'emménagement. La semaine il m'invitait à dormir chez lui. Il me faisait faire des séances photo, il voulait que je devienne mannequin. Il me présentait à ses amis qui travaillaient tous dans le même milieu que lui, ils avaient voyagé à travers les continents, ils passaient du français à l'anglais quand ils parlaient, *ils revenaient toujours de quelque part*, c'est drôle, d'Italie, de Singapour, de Corée du Sud. À partir de vingt heures ils se réunissaient et ils faisaient la fête ensemble. Ils mettaient la musique pour danser et ils défilaient dans la salle de bains pour prendre de la cocaïne, ils m'en proposaient, je dansais avec eux, la musique pulsait dans mon corps, je buvais du champagne et de la vodka jusqu'au matin. Et il y a des soirs justement – c'est là où je veux venir –, il y a des soirs où je m'arrêtais, je regardais autour de moi comme si je figeais le temps et je pensais que je n'aurais jamais espéré vivre autant, au sens le plus quantitatif du terme, autant d'expériences, de sensations, de scènes aussi éloignées de celles que j'avais partagées avec toi ou de celles que j'avais partagées plus jeune avec ma famille. Il y a eu d'autres rencontres, d'autres vies, un cheminot qui me rejoignait la nuit avec sur son corps une odeur de graisse et de métal, un autre qui m'invitait le soir à manger dans les plus grands palaces, le Ritz, le Plaza Athénée – si tu avais vu mon corps, ma façon de parler dans ces endroits ! –, un autre qui vendait de la drogue et qui apparaissait toujours avec des liasses de billets compactes entre les mains, un autre encore que j'accompagnais dans les festivals d'opéra les plus importants d'Europe, Salzbourg, Aix-en-Provence.

Je vivais tout.

Je continuais surtout de voir Ludovic. C'est lui qui avait rendu mon arrivée à Paris aussi facile, lui qui me donnait un endroit où vivre. Quand je t'en parlais, au début, avant le silence définitif entre nous, tu disais que je le manipulais pour accéder au monde parisien mais ce n'est pas vrai, je ne le manipulais pas, je voulais qu'il m'aide, c'est une chose différente. Peut-être que je lui disais des phrases que je ne pensais pas complètement, peut-être que je le flattais un peu mais ce n'était pas pour lui faire du mal, ce n'était pas le cynisme qui me faisait agir mais le besoin d'être aidé, presque le désespoir de l'être. Ceux qui veulent s'en sortir sont toujours vus comme des manipulateurs mais rien n'est plus faux, Elena. Tu disais que je l'aimais parce qu'il m'aidait mais c'est une opposition qui n'a pas de sens, bien sûr que je l'aimais en partie pour ça, pas seulement pour ça mais en partie pour ça, parce que c'est comme ça qu'il m'était apparu, c'est ce qu'il était, quelqu'un qui pouvait m'aider, exactement comme on peut être beau, ou sensible, ou intelligent. Est-ce qu'on ne peut pas apprécier sincèrement quelqu'un pour la protection qu'il apporte ?

Il me disait qu'il aimait être avec moi. Je crois qu'il comprenait ce qui se passait, mon désir soudain de connaître le monde et il voulait participer à cette renaissance. Le week-end il m'emmenait en voyage à Lisbonne, à Rome, à Londres, à Porto, à Istanbul, moi qui n'avais jamais voyagé je voyageais partout avec lui, il me faisait découvrir des aspects inédits de l'existence humaine. Je visitais les musées, les cathédrales, les mosquées, il m'offrait les romans écrits par les auteurs des pays qu'on visitait, Pessoa au Portugal, D'Annunzio en Italie, Woolf en Angleterre. J'étais devenu un bourgeois, j'en avais l'existence, presque l'apparence. Personne ne pouvait voir mon passé sous la surface de mon déguisement, du moins c'est ce que je voulais croire. L'émerveillement des premières fois à Paris était décuplé, je prenais l'avion et je pensais Je n'aurais jamais dû prendre l'avion, j'étais destiné à ne jamais le faire, je m'asseyais dans un restaurant de Lisbonne en face de Ludovic et je pensais Je n'aurais jamais dû m'asseoir dans ce restaurant, je regardais l'acropole d'Athènes et je pensais Mes yeux n'auraient jamais dû voir ça, je ressentais le bouleversement du miracle dans tous mes gestes, j'étais un intrus qui avait volé une vie qui n'était pas la sienne. Toutes ces choses que je te raconte en les écrivant j'écris mon propre *Journal du voleur*. Un matin à Rome dans une chambre de la villa Médicis que Ludovic avait louée pour nous je lisais le livre de Louis-Ferdinand Céline, *Voyage au bout de la nuit*, celui que tu lisais quand je t'ai rencontrée, et tout à coup de me voir là, dans cette chambre, en Italie, en train de lire ce livre qui était devenu un symbole de ma fuite m'a fait pleurer. Ludovic était parti chercher du café. Je me suis essuyé les yeux par peur d'être ridicule, et à son retour, je ne lui ai rien dit.

[Toi, tu me manquais.]

Tout de suite après l'emménagement, je me suis mis au travail. Il fallait écrire, je m'étais éloigné d'Amiens et de toi pour le faire, et d'une certaine manière je n'avais plus le choix, je devais donner un sens à ma fuite.

Je savais comment m'y prendre parce que quand je dînais avec Didier à Amiens les mardis soir, avant mon départ, il m'avait décrit ses journées, comment il les organisait, combien de temps par jour il écrivait. Je travaillais le même nombre d'heures, je faisais les mêmes gestes, écrire, imprimer, apporter des corrections sur le papier, réécrire, réimprimer, recommencer de nouvelles corrections. Je jouais à écrire comme j'avais joué à être toi. Au fond, en écrivant, j'accomplissais des gestes qui m'éloignaient du passé, j'écrivais comme j'avais appris à rire devant un miroir, j'écrivais pour conjurer le destin. Je m'asseyais face à l'ordinateur et je me concentrais. J'avais parlé de mon enfance à Didier et à Geoffroy, et ils m'avaient poussé à écrire sur ce que j'avais vécu, l'exclusion à l'école, ma famille, le village ; alors j'essayais. Après le réveil je buvais quelques cafés, souvent avec Ludovic, puis j'allumais l'ordinateur et j'alignais des mots mais je n'y arrivais pas, tout ce que j'écrivais était faible, tout sonnait faux, toutes les phrases étaient lourdes et vides à la fois (Didier disait en riant didactico-elliptique). J'ai essayé pendant un mois, deux mois, tous les jours au même rythme mais j'étais incapable de produire une seule phrase valable et j'ai abandonné.

Je ne t'ai pas raconté ce renoncement. Je ne t'ai pas dit qu'en vérité à ce moment-là l'euphorie des premières semaines à Paris s'était totalement dissipée, que ce n'était pas seulement l'écriture. Je ne te l'ai pas dit parce que j'avais peur de te donner raison, de t'entendre me répondre que je n'aurais pas dû partir. Quand je te parlais je te disais que tout allait bien et que je vivais une vie magnifique, enviable, que j'écrivais un livre mais c'était pour dissimuler ce qui se passait vraiment. Parce que je voyais qu'à Paris il fallait recommencer la métamorphose. Parce que tout ce que j'avais appris à Amiens ne servait plus, à Paris j'étais dans un nouveau monde et j'étais inadapté partout. À Amiens, avec toi, j'avais eu le sentiment d'appartenir à la petite élite de la ville, d'être parvenu à une position dans le monde, à Paris je n'étais plus rien, plus rien de ce que j'avais appris n'était suffisant.

Tu ne sais pas qu'à l'École normale supérieure non plus je ne comprenais pas les autres. Je ressentais la même distance avec eux que celle que j'avais ressentie en arrivant à Amiens depuis le village. Je ne pouvais pas me raccrocher à leurs sujets de conversation, je me sentais bête et maladroit, grossier. Ils étaient pour la plupart nés dans des familles d'avocats, d'architectes, de chefs d'entreprise ou de professeurs d'université, ils avaient grandi dans les quartiers les plus beaux de Paris et face à eux je me sentais redevenir le garçon des toutes premières années de ma vie, sans références, sans connaissances, sans passé dont j'aurais pu tirer quelque chose, je régressais par rapport à Amiens, le corps des étudiants là-bas me renvoyait dans le passé – je ne peux pas dire que tu ne m'avais pas prévenu. Ils citaient des auteurs inconnus de moi, ils parlaient de voyages qu'ils avaient faits avec leur famille, ils avaient l'air si à l'aise avec leur corps, je me comparais et j'avais honte de mon parcours fracassé et aléatoire. C'est idiot, je me souviens d'un jour où nous étions dans un couloir de l'École, une ampoule avait grillé, nous nous sommes retrouvés dans le noir et un élève s'est exclamé : Comme c'est cocasse ! Je ne comprenais pas comment dans la surprise il avait pu prononcer un mot aussi sophistiqué et soutenu, je n'en aurais jamais été capable, malgré toute ma transformation avec toi. Ma présence dans cette école est devenue une source d'angoisse et de mélancolie et j'ai décidé de m'y rendre le moins souvent possible. J'assistais aux cours mais je m'arrangeais pour partir aussitôt à la fin, chaque fois que je le pouvais.

Tu m'as écrit à cette époque, dans la colère, que tu m'imaginais marcher triomphalement dans les couloirs entre un séminaire de sociologie et un séminaire de philosophie, gonflé par l'orgueil de ma nouvelle vie.

Je veux que tu saches que tu te trompais.

Je veux que tu saches que ma vie ne ressemblait ni à celle que tu imaginais ni à celle que j'avais fantasmée avant mon départ.

Souvent, le soir, quand j'étais seul, je reprenais la liste que j'avais faite sur un morceau de papier en arrivant à Paris. Je lisais les lignes une par une, sur chaque ligne j'avais inscrit un objectif de changement, Changer mon nom, changer mes dents, changer mon apparence, changer mon rire. Je traçais des croix minuscules à côté de ce que je considérais comme accompli, et je me promettais que bientôt la métamorphose serait terminée.

Le plus urgent, c'était de transformer mes dents. C'était la partie de moi qui provoquait le plus de questions et qui me rattachait le plus à mon enfance. La plupart de mes dents étaient plantées de travers dans ma mâchoire, c'est vrai, même toi tu en riais, et à Paris on me demandait pourquoi elles étaient aussi abîmées.

C'est Ludovic qui m'a aidé, encore lui. Il m'avait emmené déjeuner dans un restaurant du faubourg Saint-Honoré, un des quartiers les plus riches de Paris. Quand on arrivait dans ce restaurant des hommes et des femmes nous débarrassaient de nos manteaux, ils nous accompagnaient à notre table, ils nous tiraient les chaises pour nous asseoir. Ils nous proposaient des apéritifs en présentant les bouteilles sur un petit char de bois et d'argent, et quand on partait Ludovic leur donnait un billet en guise de pourboire. Un billet.

Je sais que tu aurais condamné ce genre d'endroit. Moi, j'étais fasciné – mais je reviens à ce que je racontais, Ludovic me parlait, il m'a dit quelque chose et j'ai souri. C'est quand j'ai baissé les yeux et souri et que mon sourire a laissé apparaître ma dentition dissimulée sous mes lèvres qu'il a tenté avec la voix la plus douce possible, comme pour ne pas me blesser, Tu sais, je pense vraiment que tu devrais faire quelque chose pour tes dents. Tu es un beau garçon, c'est dommage d'avoir des dents aussi gâtées. J'ai senti la brûlure de la honte en moi, encore une fois. Sa gentillesse n'y pouvait rien, Elena, comme si la honte était un sentiment objectif, inscrit dans la matière même du monde, et que les volontés individuelles n'avaient aucune prise, aucun effet sur elle, comme si rien, ni la gentillesse, ni la délicatesse, ni la fierté, ni les processus de l'histoire et les soulèvements ne pouvaient affecter ce que le monde a choisi, pour toujours, de marquer par la honte : la pauvreté, la laideur, l'abjection. Ludovic a repris, je n'ai pas oublié sa voix tiède, Et puis tu sais si tu veux t'en sortir à Paris, avoir des dents comme ça, ça fait un peu nord de la France si tu vois ce que je veux dire.

C'était comme ce jour où tu m'avais appris à tenir mes couverts, je ne disais rien. J'avais appris à me taire. Je souriais pour cacher la honte en essayant de ne plus ouvrir la bouche. Ludovic a fait un geste de la main pour faire comprendre au serveur qu'il voulait l'addition. Le serveur s'est approché en silence. Ludovic a sorti son portefeuille de la poche intérieure de sa veste, il l'a ouvert pour en extraire sa carte de crédit American Express et il m'a dit Est-ce que tu me laisserais prendre rendez-vous pour toi dans un cabinet de dentiste ? Ils s'occuperont très bien de ton problème, tu n'auras rien à payer. J'ai fait oui de la tête, Oui, oui, j'aimerais beaucoup.

La honte coulait sur mon visage, mais j'étais heureux, si tu savais comme j'étais bouleversé.

La semaine d'après j'étais assis dans la salle d'attente, avec sous mes pieds une moquette rouge et épaisse et des œuvres d'art sur les murs. La secrétaire m'a proposé un verre d'eau, j'ai hoché la tête et j'ai observé la pièce dans laquelle je me trouvais. Tout rappelait le luxe dans ce cabinet, j'aurais voulu que tu le voies, tout rappelait aux patients leur richesse et leur importance. J'ai suivi la dentiste quand elle m'a appelé mais en marchant derrière elle j'ai senti la peur monter dans mon corps. Mes complexes de classe et d'origine que j'arrivais à surmonter le reste du temps se sont précipités sur moi ; je savais que dans d'autres contextes je pouvais jouer un rôle, prétendre que j'étais quelqu'un d'autre ou même mentir sur mon passé mais cette femme qui marchait devant moi pour m'ausculter dans une autre pièce au fond du couloir allait examiner mon corps, et mon corps était l'élément de ma personne le plus difficile à maîtriser, celui que je ne pouvais pas faire mentir, la matérialisation concrète de mon passé, de mon passé fait sang, chair, et os.

Je me suis allongé sur le fauteuil et quand la dentiste a regardé l'intérieur de ma bouche elle s'est exclamée, Oh là là c'est pas joli tout ça ! Je me suis trouvé dans la même situation que quand ta mère m'avait interrogé sur mon père, j'étais bloqué, et comme avec ta mère j'ai décidé de dire les choses le plus directement possible pour surmonter la honte, j'ai dit Je viens d'une famille où les gens n'ont pas d'argent et où personne ne se soigne les dents. Elle a soulevé les sourcils, Non mais on est en France tout le monde peut quand même à peu près se faire soigner les dents gratuitement. Elle ne m'a pas laissé répondre, elle ne me laissait pas répondre, Elena, elle enfonçait à nouveau ses doigts à l'intérieur de ma bouche, et elle me donnait des indications, Ouvrez un peu plus, Voilà, comme ça, mais la phrase qu'elle venait de dire continuait de se répercuter en écho dans ma tête, la honte était trop forte, il fallait que je réplique pour l'expulser de moi, que je donne une explication. J'ai essayé d'aller plus loin. J'ai fait comme j'avais fait avec ta mère cette nuit-là, j'ai repris, Oh mais vous savez, j'ai grandi dans le nord de la France où les gens mangent avec les doigts. Donc les dents, là-bas, tout le monde s'en fout. Je me suis forcé à rire après ma phrase, mais je pleurais à l'intérieur de moi. Je me détestais, je me détestais, évidemment je regrette, c'était la honte qui me faisait parler. Est-ce que tu penses que je suis une personne mauvaise ? La dentiste n'a pas relevé ma phrase, elle a soigné plusieurs caries, elle disait Il y en a beaucoup, il y a du travail. Elle m'a demandé de revenir la semaine suivante et elle m'a conseillé de voir un orthodontiste pour redresser mes dents tordues.

Au moment de sortir du cabinet, la secrétaire m'a dit que la facture était réglée. J'ai téléphoné à Ludovic pour le remercier, je lui ai raconté le rendez-vous et je lui ai parlé de l'orthodontiste, il a répondu que je n'avais qu'à choisir celui que je voulais, il m'enverrait un chèque pour que je puisse le payer.

Il m'a fallu quatre ans pour soigner mes dents, de mon arrivée à Paris à dix-huit ans jusqu'à mes vingt-deux ans.

À une semaine d'intervalle l'orthodontiste a réagi de la même façon que la dentiste quand il m'a ausculté. Quand je sortais de son cabinet j'avais tellement mal que je devais prendre des médicaments qui m'abrutissaient. J'étais réveillé la nuit par les maux de tête, j'aurais voulu fracasser ma mâchoire contre les murs pour arrêter la douleur et mettre une autre douleur à la place de la mienne. Et pourtant je me disais, Cette douleur c'est la preuve que tu changes.

Après mes dents j'ai changé mon prénom au tribunal, puis mon nom de famille. Je suis allé dans une clinique pour redessiner la ligne de mon implantation capillaire, je me suis habillé d'une manière autre, qui me paraissait mieux s'accorder à ma vie.

J'effaçais une par une les traces de ce que j'avais été.

Écoute.

Je voudrais te dire comment j'ai appris à créer le présent, pour qu'il ne disparaisse pas totalement de ma vie et pour ne pas suffoquer de mon obsession de la métamorphose : je marche dans la nuit. C'est l'été, et je marche dans la nuit, lentement, parce que j'espère que quelque chose se passera et je sais qu'ici, dans ces quelques rues qui encerclent la place de la République, près de l'appartement de Ludovic où je vis, ce n'est pas une chose impossible. Je comptais sur la nuit pour me faire oublier mes efforts, mon devenir. J'ai su que j'avais gagné quand j'ai entendu un bruit derrière moi, « eh ! ». Avant même de me retourner j'ai compris que je l'aimerais et que je le désirerais, comme si j'avais déjà pu entendre sa beauté dans son cri. Je ne me suis pas retourné. Je voulais qu'il recommence. Je voulais entendre le bruit de sa beauté encore une fois.

J'ai continué d'avancer, il a recommencé, « eh ! », et c'est là, seulement, que je me suis retourné et que j'ai vu le visage sans yeux, dissimulés sous sa casquette ; je ne voyais que sa mâchoire et son corps sous son tee-shirt, son corps puissant et compact, la forme de son corps qui tirait sur le tissu blanc et fin du tee-shirt, comme si sa chair était dotée d'une volonté propre, indépendante de lui.

Il a parlé : Tu as du feu ? J'ai besoin de feu pour allumer ma cigarette.

Je savais que sa question était un mensonge. Il ne voulait pas de feu, il n'avait pas besoin d'allumer une cigarette, mais j'ai joué moi aussi ; j'ai fait semblant de croire à sa question ou plutôt de croire que sa question en était une et je lui ai dit que j'étais désolé, que je ne fumais pas ; il a laissé s'écouler un peu de temps. Ce que notre silence signifiait, c'est qu'il savait et que je savais aussi exactement ce qui allait se passer, que le silence n'était que l'attente d'un futur déjà certain. Je le regardais chercher la meilleure manière de m'approcher. Je n'avais toujours pas vu ses yeux ; je les devinais, je les inventais. Même du reste de son visage je ne voyais que les reflets dans la nuit. Alors il m'a dit : Je suis un requin. (Silence.) T'aimes bien les requins toi ? (Silence encore.) J'ai ri et il s'est inquiété : Non ? alors j'ai répondu, quelque part entre le rire et le sérieux : Si, enfin oui, je veux dire oui.

Il a souri sous sa casquette et soudain devant la vision de son sourire je n'ai plus trouvé sa phrase drôle ou ridicule, au contraire, c'était comme si je n'avais jamais rien entendu d'aussi sérieux et profond. Il était un requin, ici, dans la nuit ; je le croyais. Il a repris : Tu habites loin ? J'ai répondu que non et je lui ai proposé de marcher avec moi. Nous avons marché ensemble sur une distance de trois, quatre cents mètres. Une fois arrivés devant la porte de mon immeuble – elle était d'un bleu vif – j'ai fait le code pour l'ouvrir ; lui était derrière moi, je sentais son souffle tiède sur ma nuque. Je pensais : c'est le souffle d'un requin. Je sais que les requins n'ont pas de souffle mais je me répétais, c'est le souffle d'un requin.

(Est-ce qu'il est possible d'écrire ces phrases et ces pensées-là ? Est-ce qu'il est possible d'écrire ces phrases alors que leur beauté venait de l'épaisseur de la nuit et de la charge de désir et de passion qui les entouraient ? Jean Genet dit : « Les jeux érotiques découvrent un monde innommable que révèle le langage nocturne des amants. Un tel langage ne s'écrit pas. On le chuchote la nuit à l'oreille, d'une voix rauque. À l'aube on l'oublie. » Je n'ai pas oublié.)

J'ai monté les escaliers deux par deux, il me suivait, et dans mon appartement il a enlevé sa casquette. J'ai découvert son regard pour la première fois. Je passais ma main sur son crâne rasé, ses cheveux noirs d'à peine plus d'un millimètre agrippaient ma peau. J'ai posé mes lèvres sur sa nuque et c'est à ce moment précis, quand mes lèvres effleuraient la peau dissimulée derrière son oreille qu'il a saisi mon corps tout entier et qu'il l'a allongé sur mon lit avec une force si sûre d'elle et si tranquille qu'on aurait pu croire – je veux dire, vu de l'extérieur – qu'il était chez lui et que c'était moi l'inconnu rencontré dans la nuit.

Il possédait tout, l'espace, la situation, mon corps. Mon visage était plaqué contre le tissu du matelas, mon regard plongé dans le noir. J'entendais le bruit de sa ceinture qu'il défaisait, celui de la braguette, du tissu de son jean qui glissait sur ses cuisses, la tiédeur de son corps contre moi. Je sentais ma propre respiration sur mon visage ; il ne disait toujours rien – et je jure que je n'avais jamais entendu un silence aussi beau.

Nous avons fait l'amour plusieurs fois. Entre deux fois il me parlait, il me disait : Tu vas partir avec moi. On va partir loin d'ici et on sera ensemble toute la vie.

Je ne connaissais pas son nom.

L'appartement

Il me chuchotait : Tu seras ma femme. Tu deviendras ma femme et tu seras à moi, et je disais oui, je disais oui.

Le lendemain matin il est parti. Il a remis sa casquette et ses yeux ont disparu comme la veille. Il est sorti de chez moi sans un mot, je l'avais regardé se laver dans la salle de bains sans rien dire. Je pensais : peut-être qu'il regrette les mots que la nuit lui a fait prononcer ; j'ai observé son dos, ses épaules pour la dernière fois.

Aujourd'hui, plusieurs années ont passé, et alors que je te livre ce souvenir, je l'imagine reparti dans la nuit, surgissant des ombres au hasard et récitant à d'autres les mêmes mots qu'il avait prononcés pour moi la nuit de notre rencontre. J'imagine le sourire de celui qui ne comprend pas encore à quel point ces phrases sont les plus belles, les plus graves et les plus sérieuses qu'il n'entendra jamais, les mots les plus nobles et les plus sacrés qu'on prononcera pour lui.

Je dois dire quelque chose : c'est que pendant ces rencontres dans la nuit – il y en a eu d'autres – le passé et le futur disparaissaient. Je n'avais plus peur. Toutes mes peurs, celles de mon devenir, de ma métamorphose, toutes les ombres du passé, Amiens, toi, tout se dissolvait dans la nuit. Ces rencontres étaient les seules où je vivais dans cette réalité qu'on nomme le présent[1].

1. un jour une de ces rencontres a failli me tuer, mais c'est une autre histoire

Qu'est-ce que je voulais, au fond, à Paris ? Encore aujourd'hui ce n'est pas clair en moi, est-ce que je voulais devenir un bourgeois ? devenir riche ? devenir un intellectuel ? être reconnu ? être protégé pour toujours et définitivement du risque de la pauvreté ? est-ce que je voulais surtout changer ou changer avant tout dans le sens de ce qu'on appelle l'ascension sociale ? Il me semble que c'était tout ça à la fois, je crois que ma volonté évoluait selon les contextes et les situations, selon les personnes avec qui j'étais.

Ce qui est certain, c'est que depuis mon renoncement à écrire, je me posais de plus en plus de questions, j'avais peur. Qu'est-ce que j'allais devenir ? J'aurais pu me dire que je faisais des études considérées comme prestigieuses, que je vivais à Paris, je pouvais avoir la certitude d'un métier bien payé et d'une place dans le monde des privilégiés, mais ce n'était pas assez. Mon corps me demandait de faire plus, Elena, la violence des premières années de ma vie exigeait une compensation plus grande, je n'avais pas le choix, mon corps me demandait d'aller plus loin – mon corps c'est-à-dire la superposition de toutes les expériences passées et accumulées.

J'ai cherché de l'aide. Comment est-ce que j'en suis arrivé à cette idée, je l'ai oublié, mais j'ai pensé que si je n'étais pas capable de m'en sortir seul, par l'écriture, il fallait que je rencontre quelqu'un qui m'emporterait dans sa vie, et qui deviendrait celui à travers lequel j'obtiendrais ma revanche sur le passé. Il fallait qu'il soit un millionnaire, un prince, un homme politique important, peu importe, mais que la vie dans laquelle il m'emmènerait soit à la mesure et à la hauteur de mon besoin de revanche.

[Ne me juge pas, j'essaye seulement d'être le plus honnête possible avec toi.]

Le jour où j'ai connu le descendant d'une grande famille industrielle, tellement importante et ancienne que j'avais appris l'histoire de cette famille avec toi au lycée dans un cours sur la naissance de l'industrialisation en Europe au XIXe siècle, j'ai tout fait pour le revoir, pour le séduire et pour lui plaire. Je l'invitais à venir passer du temps dans le petit studio de Ludovic, à se promener avec moi l'après-midi. Je voulais tellement lui ressembler, tellement faire partie de sa réalité. Il avait un accent marqué de la grande bourgeoisie française quand il parlait, avec la bouche presque fermée quand il prononçait des mots. Je l'enviais. Je l'imitais. J'aurais tout donné pour être lui et échanger ma vie contre la sienne. Je ne l'aimais pas, quelque chose en moi ne pouvait pas l'aimer, mon passé, mon expérience du monde, mais je continuais. Je me forçais. Je me disais que mes sentiments étaient secondaires, que la priorité c'était de me sauver.

Après le garçon de la lignée industrielle il y a eu Manuel que j'ai connu en Espagne. J'étais parti grâce à une promotion sur les billets d'avion, et une chambre dans une espèce de foyer à vingt euros la nuit, pour moins de cent euros j'étais parti un week-end là-bas. Je n'avais pas assez d'argent pour manger, je mangeais des demi-baguettes à vingt centimes que j'achetais dans les supermarchés, assis sur un banc près de l'avenue des Ramblas, mais j'étais heureux d'être là, dans un autre pays.

Le soir où j'ai vu Manuel pour la première fois j'ai discuté avec lui et après quelques phrases il m'a dit qu'il était maire de Genève. Je me suis accroché à la rencontre avec lui. [Ne me juge pas.] Je lui ai écrit régulièrement, je suis allé le voir en Suisse une fois par mois. Il habitait dans une grande maison au milieu des montagnes, à la lisière de Genève, tous les jours il y avait une femme chez lui qui faisait le ménage et qui me préparait le café au réveil, qui repassait mes vêtements. J'étais servi. Je nageais dans sa piscine, située dans le parc privé derrière sa maison, entourée par les arbres et les rosiers. Il m'invitait au festival de Locarno en Suisse, à la tombée du jour je dînais avec des gens que je percevais comme importants et que Manuel me présentait, des actrices, des banquiers, la maire de Zurich. Je prétendais que Manuel était mon père. Je lui avais demandé de m'adopter, il hésitait, j'insistais. S'il avait accepté, je serais allé plus loin que n'importe qui dans la métamorphose, même mon père je l'aurais choisi. Je lui répétais ma demande, à toutes les occasions, dans la piscine la journée ou le soir dans les grands hôtels de Genève. Quand je rentrais à Paris et qu'on m'interrogeait sur ce que mon père faisait dans la vie – en vérité je trouvais un moyen d'en parler même quand on ne me le demandait pas – je disais : Mon père est maire de Genève, et je me sentais fort, important. (Manuel est la seule personne de cette phase de ma vie avec qui je suis resté ami, avec qui une vraie amitié est née. Il n'était pas comme les autres, il était drôle, généreux, intelligent, sensible.)

Je n'ai pas arrêté après Manuel (il ne voulait pas m'adopter), après lui je me suis battu pour faire d'autres rencontres. Je ne peux pas toutes te les décrire, il y a eu le créateur d'une marque de cosmétique qui vivait à Los Angeles, que j'avais connu pendant ce week-end à Barcelone et qui après m'invitait à le rejoindre en Espagne, souvent, pour quelques jours, sa secrétaire m'envoyait le billet d'avion, il voyageait de Los Angeles à Barcelone pour me rejoindre. Comme le fils d'industriel je ne l'aimais pas mais j'essayais de ne pas y penser. Il fallait fuir, fuir, fuir.

Est-ce que je t'ai parlé de l'homme avec son canapé ? C'est lui qui m'avait écrit le premier sur un forum de discussions en ligne. Il était le directeur d'une des banques les plus importantes aux États-Unis ; j'ai cherché le nom de la banque sur Google et j'avais vu, c'était vrai, sa photo apparaissait, là, sur le moteur de recherche, son nom était mentionné dans les plus grands journaux du monde. Je projetais déjà une vie avec lui, la richesse infinie, le déménagement en Amérique – et toujours la même phrase qui résonnait dans ma tête, Grâce à lui, je serai sauvé. Il m'a invité dans un restaurant des Champs-Élysées, et après le dîner je l'ai suivi chez lui. Je n'avais jamais vu un appartement aussi grand que le sien, aussi impressionnant, comme un manoir de verre suspendu au-dessus d'une des rues les plus belles de

Paris. Il m'a servi un verre de vin rouge, sans doute une bouteille qui coûtait plusieurs centaines d'euros, il m'avait parlé du cépage, du millésime. Je comprenais, la nuit je lisais sur Internet des informations sur le vin, je les apprenais comme on apprendrait une leçon à l'école, la différence entre le bordeaux et le bourgogne, les plus grands domaines, les différences entre les premiers vins et les deuxièmes vins, il fallait savoir tout ça pour ma nouvelle vie, et de fait quand je rencontrais ces hommes et qu'ils constataient ce que je savais sur le vin, je voyais l'admiration sur leur visage. Mes nuits d'apprentissage payaient. Je disais avec une fausse décontraction, C'est parce que mon père est maire de Genève et qu'il a toujours aimé le bon vin [ne me juge pas].

Ce soir-là je regardais la ville à travers les immenses baies vitrées, c'était comme si je flottais au-dessus de Paris. Le directeur de la banque a déposé délicatement un vinyle sur son tourne-disques, la musique a commencé, et moi, avec mon verre dans la main et la musique dans les oreilles, j'ai pensé à mon enfance, au village. J'ai pensé à toi.

Il m'a dit *Come with me on the sofa*, il a tapoté sur la banquette pour me faire signe d'approcher, et je l'ai rejoint. Au moment où j'allais m'asseoir sur le canapé blanc il m'a dit *Be careful, don't pour wine on the sofa, it's polar bear*. Son canapé était fait avec la fourrure d'un ours polaire. J'ai tressailli mais je n'ai rien dit. J'ai étouffé mon dégoût, et j'ai soulevé mon verre de vin pour trinquer avec lui.

Mais pour l'instant je faisais taire le dégoût ou la révolte. J'étais trop faible pour les laisser gagner sur moi, ce n'est que maintenant que je m'autorise à penser ce que je t'écris. La remise en cause de la violence du monde était un luxe que je ne pouvais pas me permettre, l'urgence c'était de continuer à avancer. Après la soirée chez le directeur de la banque (je ne l'ai plus revu, j'aimerais te dire que c'était moi qui avais pris la décision de ne plus le fréquenter mais c'était lui qui ne m'avait plus contacté), les problèmes d'argent se sont accumulés. C'est arrivé soudainement. Je travaillais comme ouvreur au théâtre de l'Odéon, j'avais la même fonction qu'au théâtre à Amiens mais je n'étais que remplaçant et certains mois je ne gagnais pas d'argent. Je continuais mes rendez-vous chez le dentiste et l'orthodontiste, trois, quatre rendez-vous par trimestre et toute cette procédure étalée sur quatre années coûtait plusieurs milliers d'euros. Ludovic ne payait plus, il y pensait sans doute moins, il avait d'autres choses en tête, et je n'osais pas lui en parler. Je me retrouvais sans rien, avec des dettes à payer.

Je dînais souvent avec lui ou avec Didier, ils m'invitaient, mais les autres soirs je n'arrivais pas toujours à me nourrir, je passais des soirées dans des restaurants luxueux avec Ludovic ou dans des brasseries fréquentées par des artistes et des intellectuels avec Didier à d'autres sans pouvoir manger, en vingt-quatre heures ma réalité changeait radicalement. Je faisais cuire des pâtes pour mon repas du soir et je les faisais réchauffer le lendemain, les pâtes le jour d'après étaient sèches et farineuses, mon corps se soulevait quand je les mangeais. J'ai appris à ne faire qu'un repas par jour pour économiser, et aujourd'hui c'est une habitude qui m'est restée.

Le plus difficile, c'était de dire au dentiste que je n'avais pas les moyens de le payer, ma honte au moment de lui demander de payer plus tard. L'argent devenait une obsession, Elena, je me couchais en y pensant, quand je me réveillais l'argent était ma première pensée. J'avais entendu parler d'une façon d'en gagner facilement, beaucoup, et vite. J'en ai conclu qu'il fallait le faire ; je me suis connecté sur des sites de rencontres en ligne et j'ai commencé à voir des hommes avec qui je couchais pour de l'argent. Même si ça ne s'était pas bien passé avec le premier, j'ai continué, j'ai proposé des rendez-vous à d'autres hommes, c'était le travail qui me semblait le moins éprouvant et le moins humiliant, le moins aliénant, moins en tout cas que de travailler comme serveur ou comme plongeur dans un restaurant pour un salaire misérable. Je cherchais des hommes sur les sites de rencontres mais je ne voulais pas m'inscrire sur des sites professionnels de prostitution ; je ne sais pas pourquoi mais j'hésitais à franchir ce cap-là, et avec le temps il est devenu plus difficile de trouver, ceux qui voulaient vraiment payer, qui étaient prêts à payer le plus, ceux-là allaient sur les sites spécialisés, pas sur des simples sites de rencontres.

J'ai dû réfléchir, trouver d'autres voies pour gagner de l'argent, et j'ai été secrétaire dans un cabinet d'avocat, cobaye pour des étudiants à l'université de médecine, professeur particulier de français, gardien d'immeuble. Un après-midi, quand j'étais gardien, l'homme qui me donnait les ordres m'a conduit jusqu'à une cour bétonnée pour que je la nettoie au karcher. Je n'avais jamais utilisé un karcher, je me suis blessé la jambe en voulant bêtement tester le débit de l'eau dessus, la pression de l'eau était tellement forte qu'elle m'a arraché la peau. Je portais un vieux jogging abîmé, je frottais avec un balai après avoir arrosé les murs et le sol et je me suis mis à pleurer. Dans cette cour j'ai pensé que j'avais échoué. Je me suis dit que tous mes efforts n'avaient servi à rien, je pensais à Amiens et à ma lutte pour arriver jusque-là à Paris, à mes années de combat avec mon corps, mes habitudes, avec le système scolaire, mes échecs et mes reprises, ma nouvelle manière de manger, de parler, de rire, mes nouveaux vêtements, et tout ça n'avait servi à rien, j'étais rappelé par mon destin, je récurais le sol d'un immeuble de riches. Je me suis assis sur le sol trempé et je n'ai plus bougé, j'étais paralysé par ma défaite.

C'est à travers Didier que j'ai cru pouvoir trouver une issue. Il présentait et signait son nouveau livre dans une librairie, Les Cahiers de Colette. J'étais arrivé quelques minutes en avance, ce n'était pas la première fois que j'allais assister à un événement comme celui-là, et même si j'avais suspendu mes tentatives d'écrire je regardais Didier avec un mélange d'envie et de fascination. Je me suis avancé au milieu des étagères, dans l'odeur du papier, et Didier m'a présenté à Colette, la femme qui avait créé la librairie et qui lui avait donné son nom. Après la signature j'ai fait sa connaissance et elle m'a laissé entendre que si j'en avais envie je pourrais venir travailler chez elle, elle avait besoin de quelqu'un dès la semaine suivante. Didier avait dû lui parler de moi, elle se comportait comme une personne qui essayait de me protéger.

J'ai dit oui, et elle m'a donné rendez-vous le mardi d'après. C'est comme ça que je suis devenu libraire (pas tous les jours bien sûr, seulement les jours où je n'étais pas en cours). C'était un métier plus difficile que je ne l'imaginais, contrairement à ce que j'avais cru il ne fallait pas seulement conseiller des livres, en parler avec les clients, il fallait le plus souvent les classer, les sortir des cartons pour les mettre dans les rayons, ranger dans la remise ceux qui étaient là depuis trop longtemps sans avoir été vendus, porter les cartons ; mais j'avais aussi la possibilité de lire les livres que je voulais, et tous les jours je découvrais des nouveaux auteurs quand les clients les demandaient, Vladimir Nabokov, Emily Dickinson, Peter Handke. Je lisais pendant la pause du déjeuner, je lisais pendant les heures plus calmes, quand il n'y avait pas de clients. Didier m'avait dit que la librairie de Colette était un endroit réputé et prestigieux que des artistes et des auteurs connus fréquentaient, des personnalités politiques aussi ; je les regardais depuis la remise où je triais les livres, je n'osais pas les approcher – jusqu'au jour où Philippe est entré dans la librairie. Je l'ai entendu dire à Colette, Qui est ce bel ange là-bas ? Colette lui a répondu que je m'appelais Édouard. Il s'est approché, je lui ai souri et nous nous sommes parlé. Avant de partir, il m'a dicté son numéro de téléphone et il a proposé de me revoir.

(J'ai oublié de te dire, le lendemain de la soirée chez l'homme avec le canapé en fourrure d'ours polaire, presque par coïncidence, je suis allé voir mon père dans la petite ville du Nord où il vit encore aujourd'hui. Je ne l'avais pas revu depuis longtemps, plusieurs années. J'ai marché à travers les rues sans bruit et sans vie entre la gare et la petite cité HLM dans laquelle il venait d'emménager. Les tours HLM étaient grises et froides, avec une odeur d'urine dans les cages d'escalier, mon père s'en est plaint quand je suis arrivé.

À l'instant où j'ai ouvert la porte de son appartement et où je l'ai vu, lui, et où j'ai vu la pauvreté qui saturait chaque centimètre de l'endroit dans lequel il vivait, l'odeur de friture, la télé immense devant la table sur laquelle il mangeait, son corps détruit par une vie de misère et d'exclusion, j'ai pensé à l'homme de la veille et à son canapé en fourrure d'ours polaire, j'ai pensé à ses vins à plusieurs centaines d'euros et alors j'ai perdu le langage. Je ne trouvais rien en moi pour mesurer cette distance, la laideur et la violence du monde. Je ne sais pas ce que c'était, cette tempête à l'intérieur de mon corps, la colère, le désespoir, le dégoût, même mes sentiments n'avaient plus de nom. J'ai su que si en rentrant à Paris j'essayais d'expliquer cet écart personne ne pourrait le comprendre, je n'aurais pas pu l'exprimer, parce qu'il est en dehors du langage. J'ai su que si le langage n'y pouvait rien alors je ne devais pas convaincre ces gens, ceux de ma nouvelle vie, mais les combattre. Peut-être que cet après-midi-là face à mon père je me suis promis qu'un jour je le vengerais.)

Le jour où Philippe m'a donné son numéro de téléphone, je n'ai pas pu ne pas penser encore une fois : j'ai réussi, ou plutôt, *je m'en suis sorti*. J'ai eu le sentiment que je rattrapais tous mes échecs et mes abandons des mois précédents en me rapprochant de lui, toutes les rencontres qui n'avaient abouti à rien et plus je le voyais plus c'était un sentiment qui se renforçait. Il m'emmenait dans des restaurants le soir et je pensais que l'enfant que j'avais été n'aurait jamais pu imaginer que des endroits comme ça existaient. Ces restaurants, ils n'avaient rien à voir avec ceux où Ludovic et Didier m'invitaient, pas même avec ceux où j'accompagnais Manuel, comme s'ils étaient moins des lieux pour manger que des lieux pour rassurer les clients qui venaient sur leur importance, comme si le mot restaurant sur la façade était un mensonge. En arrivant, un homme avec une casquette de chauffeur prenait systématiquement la voiture de Philippe et allait la garer pour lui. Philippe entrait dans le hall et une autre personne, généralement une femme, nous enlevait nos manteaux et allait les ranger dans un vestiaire pendant qu'une autre personne nous accompagnait vers une table qui nous attendait. Quand Philippe demandait une bouteille de vin, le serveur lui répondait qu'il allait faire venir le sommelier, le sommelier nous parlait des vins sur la carte comme s'il avait parlé de trésors. Je lisais le prix des bouteilles imprimé sur la carte que tenait Philippe, des prix inimaginables, mais je ne souffrais pas encore de cette injustice, comme avec l'homme et son canapé je ne souffrais pas encore du scandale de l'écart entre ma nouvelle vie et mon ancienne vie, même si j'avais vu mon père quelque temps avant, j'étouffais les questionnements et la douleur, je vivais dans l'ivresse de la métamorphose (de même que Ludovic c'était évidemment le désir qui poussait Philippe à m'aider).

Caviar d'Aquitaine sur toast espuma de céleri

Filet de Saint-Pierre, risotto aux salicornes,
beurre au corail d'oursin

Ronde des fromages

Crémeux vanille et fruits rouges

Café
Mignardises

Château Chasse Spleen 2006 « Moulis-en-Médoc »
Domaine de Grandmaison 2009 « Graves de Pessac »

Philippe m'introduisait dans son monde où se mêlaient la grande bourgeoisie française et l'aristocratie. Pendant les quelques mois que j'ai passés avec lui il m'a invité dans des soirées où j'ai rencontré des ducs, des princesses, des aristocrates souvent reconvertis dans le commerce de l'art ou dans d'autres domaines. Quand je m'extrayais de mon propre corps pour m'observer, comme je le faisais pendant les fêtes à mon arrivée à Paris, je me disais que j'avais réalisé mon rêve. J'avais fui, j'étais plus loin que tout ce que j'aurais pu espérer. J'imaginais Philippe faire ce que j'avais attendu depuis longtemps, me proposer de vivre avec lui et m'éloigner pour toujours et le plus loin possible de mon passé.

La semaine, il me demandait de l'accompagner dans des réceptions à l'Automobile Club, je ne sais pas exactement t'expliquer ce que c'est, une sorte d'association de personnes riches et puissantes qui se retrouvent pour manger du caviar, boire du champagne, et tisser des relations. Je côtoyais des ministres et des députés, des PDG d'entreprises mondiales, des millionnaires ; le lundi je visitais les musées avec Philippe, les jours de fermeture, les musées que le monde entier admire, le Louvre, le musée d'Orsay, des musées pour lesquels des gens traversent des milliers de kilomètres et des continents, j'avais ces musées pour Philippe et moi et quelques dizaines de personnes. Je discutais avec des princesses et j'avais la sensation de faire partie de ce monde – je ne savais même pas que le statut de princesse existait encore dans la vraie vie. Je me souviens d'une femme qui s'était présentée comme la princesse de Broglie, et en moi j'avais ri parce que – est-ce que tu as oublié ? – au lycée ou à l'université avec toi quand j'avais dû lire un texte sur la famille de Broglie, dans un cours sur l'Ancien Régime, j'avais prononcé le nom BROGLIE et l'enseignante m'avait repris, On ne dit pas Broglie on dit « Breuil », le nom s'écrit Broglie mais il se prononce Breuil. Maintenant je connaissais les héritiers de cette dynastie, je riais avec eux, et j'étais grisé. J'allais dans des dîners où j'étais placé près de Philippe autour de tables immenses couvertes de fleurs et de chandeliers, avec devant moi mon assiette et des dizaines de couverts différents, j'ignorais quels couverts il fallait utiliser, j'attendais de voir comment les autres s'y prenaient. Un soir, une des premières fois, Philippe m'avait soufflé à l'oreille *J'espère que tu aimes le caviar c'est au menu ce soir.*

J'avais répondu oui, oui, je ne lui ai pas avoué que je n'en avais jamais goûté et je ne sais pas s'il l'a compris. Il avait souri, de son sourire habituel, enjoué, et il avait ajouté, En tout cas garde le menu, chaque menu est une pièce unique, peut-être que dans dix ans tu pourras le vendre et devenir riche.

Je pensais être arrivé au sommet du monde, Elena. Je t'écrivais de moins en moins, nos corps s'éloignaient, moins dans le temps d'ailleurs – j'étais à Paris depuis à peine plus d'un an, ce n'était pas beaucoup – que, d'une certaine manière, dans l'espace social. Je me souviens avoir répondu à un de tes messages un soir où j'attendais Philippe dans la rue, en te disant que je n'avais pas le temps de t'écrire, que je le ferais plus tard. Est-ce que je peux remonter le temps ? Est-ce que tu me pardonneras ? Philippe m'avait donné rendez-vous devant un grand bâtiment sculpté entre l'Assemblée nationale et Saint-Germain-des-Prés. Je portais une veste bleu marine, cintrée, assortie à mon pantalon, avec, sous la veste, une chemise blanche et une cravate. Je m'étais regardé longtemps dans le miroir avant de partir de chez moi, le nœud Windsor visible dans l'ouverture de la veste achetée grâce à un transfert d'argent fait par Philippe. Avant de le rejoindre j'avais analysé la personne en face de moi dans le miroir et j'avais pensé : *Tu es loin maintenant*. J'avais traversé Paris, fier de mon apparence, avec à la main une bouteille de vin achetée sur le chemin. Philippe est arrivé et il s'est excusé de son retard. Il m'a complimenté sur ma cravate, il m'a demandé ce que j'avais dans la main et quand il a vu ma bouteille il m'a dit que ce n'était pas la peine, qu'il en avait acheté une pour l'offrir de notre part à tous les deux. Je lui ai répondu que c'était tant mieux, on aurait deux bouteilles et non pas une, mais j'ai senti une gêne émaner de lui, et même, quelque chose comme de l'irritation. J'ai compris que la bouteille que j'avais achetée n'était pas assez bien pour ses amis. J'ai fait semblant de rire, j'avais une idée, j'allais laisser la bouteille dans la rue, quelqu'un la prendrait en passant, mais Philippe m'a rétorqué que je ne pouvais pas laisser une bouteille comme ça, dans la rue. Il disait, Tu n'as qu'à la ranger dans ton sac et tu la boiras avec tes amis cette semaine.

Je n'ai plus essayé de le contredire.

Philippe a sonné au portail de l'immeuble, nous sommes montés et une femme entièrement habillée en noir nous a ouvert. J'ai suivi Philippe dans l'appartement – moins un appartement qu'une sorte de maison dissimulée à l'intérieur d'un immeuble parisien. Les pièces défilaient sous mes yeux et sous mes jambes, je voyais des escaliers monter dans les étages supérieurs. Philippe me montrait les tableaux sur les murs, il disait : Kandinsky, Jean Cocteau, il disait : ça c'est une esquisse de Picasso. Je ne suis plus sûr des noms mais je suis sûr qu'il me disait des noms qui m'impressionnaient, des noms tellement célèbres que je les connaissais depuis l'enfance. Je lui demandais avec un air de dérision : Mais combien coûte un tableau comme ça ? Philippe souriait : Tellement cher que ce n'est même pas une question possible.

C'est pour des scènes comme celle-là que je t'abandonnais – mais j'en avais le droit, il me semble que j'en avais le droit.

Je me souviens de beaucoup de soirées dans le monde de Philippe. Les personnes qui l'entouraient avaient des conversations sur l'opéra, sur les voyages, je n'ai jamais oublié cet homme qui s'était exclamé : *Je dois dire que je préfère de loin les plages d'Asie du Sud-Est à celles de Californie ! L'Asie est tellement plus authentique.* J'étais plutôt à l'aise, surtout quand il était question de musique. J'allais à l'opéra avec Didier et Geoffroy, je te l'ai dit, puis avec Philippe. Je parlais de Massenet, je comparais Wagner à Chostakovitch, la connaissance de l'opéra me donnait de l'assurance. J'essayais de dire des phrases pour me mettre en valeur, Je pense que Massenet est largement sous-estimé, ou À mon avis Mozart est un très mauvais compositeur d'opéra, ces phrases sortaient de ma bouche. Je cachais mon dégoût pour les nourritures grasses qui étaient servies dans ces soirées, le lièvre à la royale par exemple, une superposition écœurante de viandes, ou pour les excès de nourriture, les plateaux de fromages servis après des plats déjà lourds, tout ce que plus tard je me suis autorisé à voir comme des marques de la vulgarité des riches. Philippe était fier de m'avoir avec lui, je m'arrangerais toujours pour dire que j'étudiais à l'École normale supérieure, sans préciser que j'étais entré par le concours le moins prestigieux dans cette école, et je faisais illusion, j'étais un intrus.

Une dernière image de cette vie. Un soir une femme qui travaillait pour des amis de Philippe me servait de la salade pour accompagner le plateau de fromages et le bordeaux – du Chasse-Spleen, le vin préféré de Philippe. Elle était juste derrière moi, debout, prête à me servir quand les deux couverts qu'elle tenait dans la main ont glissé entre ses doigts. Ils sont tombés dans le saladier en métal et en tombant ils l'ont fait retentir dans un bruit de cloche. L'homme qui habitait là, celui qui nous accueillait, l'ami de Philippe, a interrompu ce qu'il racontait et il a dit : Mais enfin, attention Katia. Puis, aux autres : Qu'est-ce qu'elle peut être maladroite, elle me fait des coups comme ça plusieurs fois par semaine. Elle était là, debout, juste à côté de nous, à quelques centimètres, elle l'entendait mais il parlait d'elle à la troisième personne, comme si elle n'était pas là, comme si sa réaction et ses sentiments étaient si peu importants qu'elle ne méritait pas qu'il attende qu'elle soit sortie. Sa phrase est entrée dans ma chair. J'ai eu envie de me lever et dire à cette femme que je n'étais pas comme eux, que je n'étais pas de leur côté, mais je suis resté silencieux.

Plus tard j'ai raconté à Didier ce dîner et je lui ai dit que j'avais pris la défense de Katia devant les autres mais ce n'était pas vrai. J'avais menti parce que j'avais honte de n'avoir rien dit, j'espérais que mon mensonge était la preuve que je savais encore avoir honte, et qu'il faisait de moi quelqu'un d'acceptable. Je voudrais que Didier sache que j'ai honte de ne pas lui avoir avoué mon silence.

Je veux te le dire à toi aussi.

IV

Dénouement

Échec

Un jour cette vie avec Philippe s'est arrêtée. Elle a duré plusieurs mois, pendant lesquels j'avais pensé être débarrassé de mon enfance et de mes peurs.

Je n'ai pas d'événement particulier à raconter, pas de rupture brutale ou de dispute qui serait restée dans ma mémoire, un jour ça s'est arrêté, c'est tout.

Est-ce que j'étais lassé, maintenant que j'avais essayé cette vie ? Est-ce que j'ai compris que je ne serais jamais à ma place dans ce monde ? Est-ce que je me suis moi-même convaincu que je devais me retirer, pour ne pas être confronté au fait que c'est cette vie qui ne voulait pas de moi, que j'étais radicalement incompatible avec elle ? Ou est-ce que, tout simplement, cette vie et ces gens m'ont dégoûté, et que je me suis dit que je ne voulais pas leur ressembler ? Je crois que c'est surtout ça mais je ne sais pas, j'ai peur de mettre en avant cette raison parce que c'est la raison la plus noble, la plus flatteuse (et pourtant, je le crois vraiment, je me souviens avoir pensé que je détestais, non pas Philippe, mais ces soirées avec lui).

Il me semble que c'était au début de l'année 2012. Après cette rupture je me suis rapproché de Didier et de Geoffroy. Je suis parti en vacances avec eux, je suis sorti de plus en plus avec eux au théâtre, au cinéma, à l'opéra, ils m'introduisaient dans un monde intellectuel, artistique. Avec Didier et Geoffroy est née une des plus belles amitiés de l'histoire, j'en suis certain (mais je n'ai jamais oublié Elena). J'écrivais des petits articles sur des romans et des essais dans un magazine gay, grâce à Didier qui m'avait recommandé au rédacteur en chef, je m'entraînais à construire des textes, je voulais tout reprendre, reprendre à zéro le rêve qui m'avait conduit à Paris. J'organisais au Théâtre de l'Odéon des rencontres sur la sociologie et la littérature, je voyais mon nom imprimé sur les programmes de ces rencontres et je me sentais exister aux yeux des autres, naître encore.

Maintenant il fallait écrire un livre, j'en étais sûr, c'était par ce moyen-là que j'allais me sauver définitivement. Ludovic à qui j'avais presque complètement caché les soirs passés avec Philippe, par honte, m'encourageait, il m'achetait des livres.

Je devais tout reprendre, dans l'ordre.

J'ai recommencé tous les jours ce que j'avais fait avant la rencontre avec Philippe. Je m'asseyais le matin devant l'ordinateur pour écrire, je me contraignais, je me levais et je tournais en rond dans le minuscule appartement, je m'adressais des injonctions Tu dois y arriver, tu dois y arriver, mais les encouragements que je me donnais ne changeaient rien, aucun mot ne venait.

J'allais dans les cafés, je prenais des notes sur un petit carnet, j'essayais des ébauches de livres mais tout ce que j'écrivais me décourageait encore plus, quand je relisais le lendemain ce que j'avais esquissé la veille je me sentais sali et ridiculisé par moi-même, tout ce que j'écrivais ressemblait à des plagiats ratés d'auteurs que j'aimais, je supprimais tout, le désespoir m'empêchait de continuer.

Barcelone

Il y a eu le dernier abandon. J'étais épuisé par la lutte avec l'écriture et je perdais des heures sur les réseaux sociaux à ne rien faire, rien dire, à parler à des inconnus, avec en moi la lourdeur de mon échec. J'échangeais sur Facebook avec un homme que je ne connaissais pas, et qui vivait à Barcelone. Il était seul depuis plusieurs années, et il souffrait de la solitude. Je le rassurais ; je lui faisais des confidences moi aussi, sur la fuite d'Amiens, la vie avec Philippe, mes doutes, et d'autres jours je lui envoyais les poèmes que j'écrivais, des tentatives de poèmes. Il me disait qu'il ressentait quelque chose de très fort pour moi et que sa phrase devait paraître immature puisqu'il avait presque soixante ans, presque trois fois mon âge – mais il ne pouvait pas s'empêcher de le dire, il tombait amoureux.

Un après-midi qu'il – Éric, c'était son nom – me téléphonait, je lui ai proposé de venir vivre en Espagne, de tout recommencer avec lui là-bas.

Il a répondu oui, tout de suite. J'ai décidé de partir trois jours plus tard, j'abandonnais tout, ma vie, mes amis à Paris, mes études. J'abandonnais encore une fois mes rêves formulés à Amiens avec Elena puis ceux d'après, nés de la rencontre avec Didier. Je n'avais pas dit à Éric pourquoi je voulais le rejoindre, que c'était à cause de l'épuisement, à cause de la fatigue extrême du devenir et de la métamorphose, parce que j'avais échoué.

Pendant les trois jours avant mon départ pour Barcelone j'ai fait semblant de vivre normalement. Je n'avais prévenu personne. J'avais vu Ludovic, Didier et Geoffroy, j'étais allé en cours à l'École normale, je photographiais tout. Tout ce que je voyais, toutes les images, les visages, je voulais les retenir, les marquer pour toujours dans ma mémoire, une dernière fois.

J'aurais voulu pouvoir dire aux autres que j'étais désolé, que je devais partir parce que je n'avais plus de forces pour lutter, que j'allais les perdre mais que si je ne partais pas c'était tout que je perdrais.

La veille du vol pour Barcelone j'ai dit à Didier et Geoffroy qu'on se reverrait plus tard dans la semaine mais je savais que ce n'était pas vrai. Je mentais parce que je disais au revoir et qu'il aurait fallu dire adieu.

Je disais adieu silencieusement, seulement en moi, à Philippe, Didier, Geoffroy, aux années d'acharnement, au nœud Windsor d'Elena, aux séances de rire devant le miroir pour avoir un autre rire, à la maladie du devenir, aux rêves.

À l'aéroport, dans le hall des atterrissages, j'ai reconnu Éric, qui m'attendait. Il souriait. Il ne ressemblait pas aux photos que j'avais pu voir de lui. Ce n'est pas qu'il m'avait menti ou qu'il m'avait envoyé des photos trop avantageuses, mais la réalité de son corps et son corps en mouvement dévoilaient quelque chose que les photos ne laissaient pas apparaître.

Je le regardais et je pensais : *C'est ta nouvelle vie, c'est lui.* Il m'a embrassé sur la joue et il m'a aidé à porter ma valise. Il m'a emmené chez lui, je me rappelle sa première phrase : *bienvenue chez nous.* Il s'est approché de moi pour m'embrasser et caresser mon corps sous mon polo, je l'ai embrassé mais je n'aimais pas son odeur, je n'avais pas réfléchi à ça en lui parlant sur Internet. Je lui ai dit qu'on ferait l'amour plus tard, que pour l'instant j'étais dans le bouleversement d'avoir changé de vie aussi totalement et aussi brutalement et il répondait *Oui, oui bien sûr je comprends.*

Le soir il m'a invité à dîner dans un restaurant sur les Ramblas. Il me montrait son quartier, son café préféré, le chemin sur lequel il se promenait avec son chien le matin au réveil. Il me les montrait comme des repères pour notre vie future.

Le matin après le réveil j'allais marcher sur la plage. La mer face à moi, le soleil qui chauffait ma peau, j'enregistrais tous les éléments comme les données de mon recommencement. J'errais dans les rues, sans but, j'essayais d'identifier des lieux qui deviendraient mes lieux dans la ville, des cafés où je pourrais aller lire la journée, une piscine pour nager l'après-midi, je cherchais les zones les plus tranquilles sur la plage. C'était le mois de mars, les touristes étaient encore rares, il faisait déjà chaud. Geoffroy m'écrivait pour me demander si j'allais bien, comme tous les matins, et je lui répondais que oui, je faisais comme si j'étais toujours chez moi, à Paris. Les jours d'après je lui avais dit que j'étais malade et que je ne pouvais pas sortir ; je repoussais l'annonce de ma désertion. Je continuais la vie à Barcelone, la journée je disais à Éric que j'avais besoin de marcher seul et le soir je le retrouvais pour dîner avec lui mais la conversation était de plus en plus laborieuse, les silences de plus en plus lourds. J'essayais de me convaincre que c'était normal, que c'était le début et qu'il fallait du temps. Je me répétais, *ici au moins tu te reposes, ici la guerre est terminée, tu n'as plus besoin de devenir, tu n'as plus qu'à être.* Le soir, quand il fallait aller dormir, je me couchais dans le lit d'Éric, en restant le plus loin possible de son odeur, son odeur de lait de toilette et de cuir usé, il venait sur moi et il me touchait, il essayait de m'embrasser, je le repoussais doucement en lui disant que je n'étais pas encore prêt.

J'ai continué pendant une semaine, pendant une semaine je me suis forcé, et puis j'ai annoncé à Éric que je devais rentrer à Paris. Il n'a pas essayé de me retenir, il m'a répondu Je comprends. J'avais échoué à fuir.

J'ai pris l'avion et quand je suis arrivé à Paris j'ai envoyé quelques messages à Éric, puis de moins en moins. J'ai répété à Didier et Geoffroy que j'avais été malade pendant plusieurs jours, une forte fièvre, que j'étais heureux de les retrouver.

Retour et dernière tentative

Je suis rentré à Paris dans l'appartement de Ludovic que j'avais cru quitter pour toujours à peine plus d'une semaine plus tôt. Rien n'avait bougé. Je n'avais rien d'autre à faire que d'essayer de travailler. Je me suis installé sur la petite table et j'ai commencé à écrire :

> Il y a ma mère. Ma mère passait beaucoup de temps à me raconter certains épisodes de sa vie ou de la vie de mon père. Sa vie l'ennuyait et elle parlait pour combler le vide de cette existence qui n'était qu'une succession de moments d'ennui et de travaux éprouvants. Elle est longtemps restée *mère au foyer*, comme elle me demandait de l'écrire sur les papiers officiels. Elle se sent insultée, salie par le *sans profession* imprimé sur mon acte de naissance. Quand mon petit frère et ma petite sœur ont été assez grands pour se prendre en charge seuls, elle a voulu travailler. Mon père trouvait ça dégradant, comme une remise en cause de son statut d'homme ; c'était lui qui devait ramener la paye au foyer. Elle le souhaitait ardemment, en dépit de la dureté des métiers auxquels elle pouvait prétendre : l'usine, le ménage ou les caisses du supermarché. Elle s'est débattue. D'une certaine manière, elle s'est aussi débattue contre elle-même, contre cette force insaisissable, innommable, qui la poussait à penser qu'il était

dégradant pour une femme de travailler quand son mari, lui, était acculé au chômage (mon père avait perdu son travail à l'usine, j'y reviendrai). Après de longues discussions, mon père a finalement accepté et elle s'est mise à faire la toilette des personnes âgées, se déplaçant dans le village avec son vélo rouillé de maison en maison, vêtue d'un anorak rouge ayant appartenu à mon père plusieurs années auparavant, rongé par les mites et évidemment (la carrure de mon père) trop grand pour elle. Les femmes du village en riaient *Elle a de l'allure la mère Bellegueule avec son anorak trop grand.* Quand un jour ma mère a gagné plus d'argent que mon père, un peu plus de mille euros tandis que lui en gagnait à peine sept cents, il n'a plus supporté. Il lui a dit que c'était inutile et qu'elle devait arrêter, que nous n'avions pas besoin de cet argent. Sept cents euros pour sept suffiraient.

J'écrivais toute mon enfance, mon passé contre lequel j'avais lutté, les mots de ma mère, tout ce qui m'avait poussé jusqu'à Amiens et aux origines de ma métamorphose, tout ce qui avait été l'origine de mon désespoir et de ma colère, les mots et les phrases et les souvenirs me venaient en tête, je les tapais sur le clavier et le lendemain je réécrivais ce que j'avais écrit la veille, je travaillais sept, huit heures par jour ; j'écrivais et plus j'avançais et plus je pensais que ce livre serait l'outil qui me sauverait ; étrangement par un retournement brutal des choses j'écrivais pour décrire ce que je m'étais acharné à cacher depuis des années ; je me souvenais ; j'écrivais :

Il y a mon père. En 1967, année de sa naissance, les femmes du village n'allaient pas encore à l'hôpital. Elles

accouchaient chez elles. Quand elle l'a mis au monde sa mère était sur le canapé imprégné de poussière, de poils de chiens et de chats, de saleté à cause des chaussures constamment couvertes de boue qui ne sont pas retirées à l'entrée. Au village il y a des routes évidemment, mais aussi de nombreux *chemins de terre* que l'on emprunte encore, où les enfants vont jouer, des routes de terre et de pierres non bétonnées qui longent les champs, des trottoirs en terre battue qui les jours de pluie deviennent semblables à des sables mouvants.
Avant le collège je me rendais plusieurs fois par semaine pour faire du vélo dans les *chemins de terre*. J'attachais un petit morceau de carton aux rayons de mon vélo pour qu'il puisse faire un bruit de moto quand je pédalais.
Le père de mon père buvait beaucoup d'alcool, du pastis et du vin en cubi de cinq litres comme en boivent la plupart des hommes au village. L'alcool qu'ils vont chercher à l'épicerie, qui cumule en plus les fonctions de café et de débit de tabac, de dépôt de pain. Il est possible d'y effectuer des achats à n'importe quelle heure, il suffit de taper à la porte des patrons. Ils rendent service.
Son père buvait beaucoup d'alcool et, une fois ivre, il frappait sa mère : il se tournait subitement vers elle et il l'insultait, il lui lançait tous les objets qu'il avait sous la main, parfois même sa chaise, et puis il la battait. Mon père, trop petit, enfermé dans son corps d'enfant chétif, les regardait, impuissant. Il accumulait la haine en silence.
Tout ça il ne me le disait pas. Mon père ne parlait pas, du moins pas de ces choses-là. Ma mère s'en chargeait, c'était son rôle de femme.
Un matin – mon père avait cinq ans –, son père est parti pour toujours, sans prévenir. Ma grand-mère, qui elle aussi transmettait les histoires de famille (toujours le rôle de femme), me l'avait raconté. Elle en riait des années après, heureuse, finalement, d'avoir été libérée de son mari *Il est parti un matin pour travailler à l'usine*

et il est jamais revenu pour souper, on l'a attendu. Il était ouvrier d'usine, c'est lui qui ramenait la paye à la maison et en disparaissant la famille s'est retrouvée sans argent, à peine de quoi manger avec six ou sept enfants. Mon père n'a jamais oublié, il disait devant moi *Ce sale fils de pute qui nous a abandonnés, qui a laissé ma mère sans rien, je lui pisse dessus.*

Fin

J'ai travaillé à ce rythme pendant plusieurs mois. Je me réveillais, j'écrivais. Je ne mangeais pas pendant la journée. Je me promettais le repos : quand j'aurais publié un livre et qu'il m'aurait vengé du passé, je pourrais me retirer pour toujours, ne plus jamais rien faire. Le soir et la nuit je lisais le plus possible, des dizaines de romans, pour stimuler ma mémoire, les souvenirs réels ou imaginés des écrivains et des écrivaines faisaient réapparaître les miens, je lisais pour apprendre à me souvenir. Je lisais la nuit, mais aussi dans le métro pour aller à l'École, entre les cours le midi, le soir. Pendant que je me douchais, j'écoutais des livres enregistrés, je ne voulais pas perdre de temps, je voulais que même le moment de la douche ne soit pas du temps perdu sur la lecture. J'achetais ou je volais des livres, je les empilais les uns sur les autres dans l'appartement, il y en avait sur le sol, dans l'évier, sur le meuble de la salle de bains. Je comptais : Il y a deux ans tu n'avais jamais rien lu et maintenant tu as lu entre deux cents et trois cents livres, je m'encourageais, tu dois continuer, il faut continuer, dans un an tu en auras lu deux cents de plus, allez, et dans deux ans tu en auras lu quatre cents de plus.

Je me sens tellement éloigné des écrivains qui racontent leur découverte de la littérature à travers l'amour des mots et de la fascination pour la vision poétique du monde. Je ne leur ressemble pas. J'écrivais pour exister.

Les soirs où j'étais avec Ludovic je lui parlais de mes rêves, *peut-être que si j'arrive à écrire un roman et que je le publie je serai connu dans le monde entier, peut-être que si le livre est lu partout dans le monde je serai sauvé de la pauvreté une fois pour toutes et pour toujours, j'achèterai un appartement, ce sera la première chose que je ferai, j'achèterai un appartement et je me mettrai à l'abri pour le reste de mes jours, je ne serai jamais à la rue.* J'imprimais les chapitres déjà écrits, je les relisais, je les réécrivais, je les retapais sur l'ordinateur, je recommençais. Souvent, pour quelques jours, je n'y croyais plus, la mélancolie envahissait tous les espaces de ma vie, la même mélancolie qui m'avait poussé à partir pour Barcelone, la nourriture que je mangeais était moins bonne parce que je n'arrivais pas à écrire, le vin que Geoffroy me servait chez lui était moins bon parce que je n'arrivais pas à écrire, Paris était plus étouffante parce que je savais que je n'y arriverais jamais, toute ma perception de la réalité, tous mes sens, tout mon corps étaient conditionnés par la possibilité de l'écriture ; Ludovic s'inquiétait, Geoffroy et Didier aussi, ils me conseillaient de voir le médecin, il me prescrivait des doses plus fortes d'anxiolytiques, tout mon corps me faisait mal.

J'ai continué jusqu'au jour où, après des dizaines de découragements successifs, le livre a été fini. Je l'ai imprimé. Je l'ai relu encore une fois, j'avais tellement relu et réécrit les phrases que je les connaissais par cœur. J'ai donné un exemplaire du manuscrit à Didier, Geoffroy et un à Ludovic, ils l'ont lu, ils m'ont suggéré de faire quelques modifications, j'ai retravaillé le texte une dernière fois avec leurs conseils et j'ai envoyé la version finale à plusieurs maisons d'édition, je cherchais leur adresse sur Internet. J'avais appelé le livre *Vie et mort d'Eddy Bellegueule*, plus tard le titre est devenu *En finir avec Eddy Bellegueule*. J'avais joint une lettre au manuscrit pour expliquer que le livre était l'histoire de mon enfance.

J'ai attendu.

J'ai reçu d'abord des réponses négatives de plusieurs éditeurs, ils me disaient que personne ne pourrait croire à ce que j'avais écrit, alors que j'avais tout simplement restitué mon enfance. C'est étrange, ces éditeurs étaient tellement éloignés de ce que je décrivais qu'ils pensaient que cette réalité n'existait pas, que l'enfant que j'avais été n'avait pas existé, ils disaient qu'autant de pauvreté et de violence ne pouvait pas exister en France.

J'ai reçu d'autres refus mais un après-midi un homme m'a appelé. Il s'appelait René, il était éditeur aux éditions du Seuil, il m'a dit qu'il avait lu mon livre et que mon livre l'avait bouleversé, c'est le mot qu'il a employé, bouleversé, je me suis répété ce mot pendant des semaines ensuite. J'étais assis sur le canapé et je me retenais de pleurer. Il m'a expliqué qu'il lui fallait l'accord de la maison d'édition mais qu'il était sûr de lui, il allait publier mon livre l'année d'après. J'ai raccroché, je ne pouvais plus me retenir, je pleurais, j'ai appelé Didier et Geoffroy pour les prévenir.

Je suis sorti de l'appartement et j'ai couru pour les rejoindre et pour fêter l'évènement avec eux, il faisait froid mais je ne ressentais pas le froid sur ma peau, je courais et je pensais : Tu es sauvé maintenant, tu es sauvé pour toujours, tu as réussi.

Les rues autour de moi se déformaient à cause des larmes dans mes yeux et en silence, sous ma peau, j'ai dit Adieu au passé.

Épilogue

Toute ma vie a changé après la publication de ce livre et des autres que j'ai publiés ensuite. C'est étrange, les choses dont je rêvais et que je fantasmais quand j'en parlais avec Ludovic le soir, au moment où je n'étais même pas encore sûr de pouvoir terminer un premier livre, se sont réalisées, comme si les faits et la réalité s'étaient soumis à ma volonté.

Tout à coup ce que j'ai écrit a été traduit, en Italie, en Chine, en Grèce, j'ai parcouru la planète, j'ai voyagé à travers le Japon pour présenter mon travail, ce que maintenant j'appelais mon travail, j'ai vu le Chili, le Kosovo, l'Argentine, la Norvège. C'était comme une étape de plus dans mon changement, comme si cette nouvelle vie s'ajoutait à celle du village, à celle d'Amiens et à celle de Paris, comme un degré de réalité supplémentaire. Les journaux et les télévisions du monde entier me posaient des questions, le rêve du petit garçon que j'avais été s'est réalisé, j'aurais voulu pouvoir voyager dans le temps pour lui dire que tout irait bien, qu'il ne devait pas avoir peur. J'aurais voulu pouvoir lui dire qu'un jour il existerait enfin, qu'il serait considéré par certains comme digne de l'attention des autres, invité à donner des conférences dans des lieux qu'il ne connaît pas encore.

J'ai gagné de l'argent, j'ai pu acheter un appartement à Paris comme j'en avais rêvé, un appartement qui me mettait à l'abri pour toujours du risque d'être à la rue. Avec cet argent j'ai pu voyager aussi, en Amérique, en Asie du Sud-Est, j'ai découvert d'autres civilisations que la mienne.

À force je me suis mis à sincèrement aimer l'art et la littérature, à ne plus écrire seulement pour m'en sortir mais pour la littérature elle-même, à écrire non plus pour me sauver moi mais pour essayer d'aider les autres, c'est peut-être banal de formuler les choses de cette manière mais c'est vrai, j'ai voulu écrire des livres qui soient des armes pour les autres. Je me suis éloigné pour de bon de mon enfance, d'Eddy Bellegueule.

Un jour, je me suis enfui (encore). Après la publication de mes livres, un après-midi je suis parti pour les États-Unis, je ne l'ai dit à personne. J'ai fait ma valise et je suis parti là-bas parce que j'ai soudainement détesté cette vie qui est devenue la mienne, celle dont j'avais rêvé, celle des livres, je m'étais attendu à un tel bonheur en devenant un auteur et je n'ai pas trouvé ce bonheur, j'en ai voulu à ma vie parce qu'elle m'avait trahi et menti en ne me donnant pas ce qu'elle m'avait fait espérer. Je vivais sur un autre continent, pendant des mois j'ai voyagé à travers les États-Unis, j'arpentais des villes désertées et fantomatiques, je marchais seul la nuit dans des villes que je ne connaissais pas et où personne ne me connaissait, je dormais dans des hôtels minables au hasard, et je pensais : Tout recommence. Le village, Amiens, Paris, New York et maintenant New Bedford, Massachusetts, où je fêtais seul mes vingt-cinq ans sans savoir à quoi le futur ressemblerait. Où tout était à commencer, encore une fois. Où je me donnais un nouveau nom, de nouveaux rêves de silence et de disparition, de nouvelles attentes, où la plus belle chose pour moi était de perdre tout ce que j'avais eu tant de mal à conquérir à Paris. Après quelques mois je suis revenu en France, déjà lassé.

Est-ce que je suis condamné à toujours espérer une autre vie ?

J'écris parce que je crois que parfois je regrette, que parfois je regrette de m'être éloigné du passé, parfois je ne suis pas sûr que mes efforts aient servi à quelque chose. Parfois je pense que toute cette lutte a été vaine et qu'en fuyant j'ai lutté pour un bonheur que je n'ai jamais obtenu.

J'écris parce que souvent je crois que je voudrais retourner en arrière, quand je passais mes soirées dans l'arrêt de bus avec d'autres enfants du village, jusqu'à trois, quatre heures du matin et qu'on y buvait du whisky qu'on avait acheté au supermarché dans des gobelets en plastique, comme les anciens jeunes l'avaient fait avant nous, comme mon frère l'avait fait avant moi, comme mon père l'avait fait avant moi, sans penser au futur ou à l'avenir.

Je voudrais revenir dans le temps…

Au temps où changer n'était pas une urgence pour moi, au temps où je partais avec les enfants de la voisine ou avec Amélie ma meilleure amie dans les champs de blé qui entouraient le village et qu'on y construisait des cabanes en bois avec des planches récupérées à la déchetterie de la commune, qu'on transportait sur nos vélos – et puis l'odeur du bois, de la terre, des clous rouillés qui restait plusieurs jours sur mes doigts, et puis les nuits humides qu'on passait dans ces cabanes en nous faisant croire qu'on y était bien alors qu'on avait froid et mal au dos, mais heureux de dormir dans ces abris qu'on avait construits de nos propres mains, nos œuvres.

(C'est le présent qui me manque.)

Au temps où mon père regardait des films d'horreur le soir et qu'il me forçait à les regarder avec lui parce qu'il me disait que ça m'endurcirait. Je lui répondais que je voulais aller me coucher mais il m'ordonnait de rester dans la cuisine et de regarder le film, il me menaçait, il me disait que je devais apprendre à ne plus avoir peur, à être un homme, et moi devant ces images de meurtre, de monstres et de corps dépecés, je pleurais, j'hurlais.

Au temps où ma mère criait dans la cuisine, au milieu des taches de graisse et d'humidité qui recouvraient les murs Qui veut des pâtes au gruyère !!!! Et mon père répondait en levant la main Moi, moi, moi, il avait mon âge tout à coup, et je suppliais ma mère avec lui.

Au temps des odeurs. Au temps où, quand je rentrais à la maison après une journée à l'école je sentais dans la pièce commune l'odeur très forte du fioul, parce que comme la plupart des gens du village, on se chauffait avec ce combustible pauvre, couleur de sang. L'odeur du fioul imprégnait les vêtements, la peau, les cheveux.

(Je ne suis pas nostalgique de la pauvreté, mais des odeurs et des images.)

Au temps où j'implorais mes parents de me laisser aller à la boulangerie pour acheter des bonbons. Mon père me disait non, qu'on ne pouvait pas, que la note serait trop élevée à la fin du mois quand il faudrait payer la boulangère, et puis il cédait, il finissait toujours par céder, je triomphais, et quelques minutes plus tard j'étais dans la rue avec les bonbons dans la main, le paquet rempli de formes multicolores, le paquet de plastique lourd dans la paume de ma main et dans mon champ de vision les traces de terre laissées par les tracteurs dans les rues du village.

Je ne suis pas nostalgique de la pauvreté mais de la possibilité du présent.

Ou plutôt : j'ai détesté mon enfance et mon enfance me manque.

Est-ce que c'est une chose normale ?

Au temps où mon père me disait quand il entendait le bruit que fait le bouchon d'une bouteille de vin qu'on ouvrait, « tiens, on m'appelle ! ».

Au temps où on regardait la télé huit, neuf heures par jour parce que la télé nous permettait de ne plus penser qu'au présent et de ne plus devoir penser au lendemain, c'est-à-dire à l'inquiétude et à la vie.

Au temps où à chaque tirage de loto je le regardais – toujours lui, le père – et j'éprouvais un frisson en l'entendant me dire : Imagine on gagne et on devient millionnaire.

(Bien sûr l'enfance était aussi le moment où il me disait que je n'étais pas le fils qu'il aurait voulu avoir, le moment où l'angoisse de manquer d'argent définissait tout notre quotidien – mais toutes ces choses-là me marquent de moins en moins quand j'y pense, je ne sais pas pourquoi, je n'ai pas d'explications.)

Je lui demandais : on fait quoi si on devient millionnaire ? Je connaissais sa réponse, parce que je lui posais la question depuis des années. Mais je faisais semblant d'attendre sa phrase. Je faisais semblant d'être à la fois surpris et intéressé en l'écoutant alors que j'aurais pu répondre à sa place. Il répondait : D'abord je m'achèterais une grosse télé, grosse comme ça. Et je me barrerais au soleil.

Revenir

Au temps des journées sur la place de la mairie du village, à attendre que le temps file, ou plutôt que le temps vienne, à parler aux femmes réunies devant la grille de l'école primaire, à essayer d'en savoir plus sur comment le boucher avait été surpris par sa propre femme en train de coucher avec sa voisine.

(Je sais que si je revenais en arrière je détesterais ce monde, et pourtant il me manque.)

Au temps où mon plus grand rêve était d'avoir une mobylette, comme les autres garçons, pour pouvoir aller au McDonald's dans la ville la plus proche, à une vingtaine de kilomètres.

Au temps où je passais des après-midi allongé dans l'herbe près d'Elena.

Au temps où elle s'endormait sur mon épaule au cinéma.

Au temps où ce qui me rendait le plus heureux et m'aidait à supporter la semaine à l'école était de savoir que le samedi, je prendrais le bus jusqu'à la ville avec mon cousin Dylan et qu'on passerait notre après-midi au supermarché, entre quatorze et dix-huit heures, sans pouvoir rien acheter d'autre qu'une canette de Coca ou de thé glacé, mais heureux d'être là, entourés par une abondance infinie, inaccessible, par la prolifération infinie des marchandises qu'on ne pourrait jamais s'offrir, et recommencer ce voyage tous les samedis après-midi, sans exception avec le même plaisir à chaque fois.

La bourgeoisie allait au théâtre ou à l'opéra, nous, c'était le supermarché qui nous faisait rêver.

Au temps où ma mère levait les épaules et qu'elle disait Quelle vie de merde qu'on a.

Au temps où elle souriait quand même.

Au temps où je pouvais encore lui parler.

Au temps où je rêvais.

Mais je sais qu'il est trop tard. Ces images revenaient dans ma tête, la dernière fois quand j'y pensais – les bâtiments qui m'entouraient, la circulation plus loin, l’odeur de nourriture dans les rues, les lumières violettes de Montparnasse – les images se succédaient mais je savais déjà pendant que j’y pensais qu’il était trop tard. J’ai continué à marcher, le bruit de mes pas sur les pavés, et je me suis dit que la nuit avançait, il était l’heure de rentrer et d’aller dormir.

Les Éditions Points s'engagent pour la protection de l'environnement et une production française responsable

Ce livre a été imprimé en France, sur un papier certifié issu de forêts gérées durablement, chez un imprimeur labellisé Imprim'Vert, marque créée en partenariat avec l'Agence de l'eau, l'ADEME (Agence de l'environnement et de la maîtrise de l'énergie) et l'UNIIC (Union nationale des industries de l'impression et de la communication).

La marque Imprim'Vert apporte trois garanties essentielles :

- La suppression totale de l'utilisation de produits toxiques
- La sécurisation des stockages de produits et de déchets dangereux
- La collecte et le traitement de produits dangereux

RÉALISATION : NORD COMPO À VILLENEUVE-D'ASCQ
IMPRESSION : CPI FRANCE
DÉPÔT LÉGAL : AOÛT 2022. N° 151227-4 (3058355)
IMPRIMÉ EN FRANCE

Éditions Points

DERNIERS TITRES PARUS

P5169. Les Infidèles, *Dominique Sylvain*
P5170. L'Agent du chaos, *Giancarlo De Cataldo*
P5171. Le Goût de la viande, *Gildas Guyot*
P5172. Les Effarés, *Hervé Le Corre*
P5173. J'ai vendu mon âme en bitcoins, *Jake Adelstein*
P5174. La Dame de Reykjavík, *Ragnar Jónasson*
P5175. La Mort du Khazar rouge, *Shlomo Sand*
P5176. Le Blues du chat, *Sophie Chabanel*
P5177. Les Mains vides, *Valerio Varesi*
P5178. La Cage, *Lilja Sigurðardóttir*
P5179. Éthique du samouraï moderne. Petit manuel de combat pour temps de désarroi, *Patrice Franceschi*
P5180. Maître du Oui, *Svâmi Prajñânpad*
P5181. Wabi Sabi. L'art d'accepter l'imperfection *Tomás Navarro*
P5182. Très chère Valentine, *Adriana Trigani*
P5183. La Partition, *Diane Brasseur*
P5184. Château de femmes, *Jessica Shattuck*
P5185. Les Âmes silencieuses, *Mélanie Guyard*
P5186. Le Cartographe des Indes boréales, *Olivier Truc*
P5187. Les Méandres du Nil, *Robert Solé*
P5188. Les Photos d'Anny, *Anny Duperey*
P5189. Chambre 128, *Cathy Bonidan*
P5190. East Village Blues, *Chantal Thomas*
P5191. La Revenue, *Donatella di Pietrantonio*
P5192. En tenue d'Eve. Histoire d'une partie d'échecs *Eve Babitz*
P5194. La Petite fille au tambour, *John Le Carré*
P5195. Floride, *Lauren Groff*
P5196. La Transparence du temps, *Leonardo Padura*
P5197. Pour l'amour des livres, *Michel Le Bris*
P5198. Le Chemin de la mer. Et autres nouvelles *Patrice Franceschi*
P5199. Transit, *Rachel Cusk*
P5200. Un petit coup de jeune, *Thierry Bizot*
P5201. L'Amour est aveugle. Le ravissement de Brodie Moncur *William Boyd*
P5202. Titayna : l'aventurière des années folles *Benoît Heimermann*
P5203. La Mer pour aventure, *Collectif*
P5204. Lawrence d'Arabie. Le désert et les étoiles *Flora Armitage*

P5205. Travelling. Un tour du monde sans avion
Tangy Viel, Christian Garcin
P5206. Va où il est impossible d'aller. Mémoires, *Costa-Gavras*
P5207. Tous les films sont politiques. Pour Costa-Gavras
Edwy Plenel
P5208. Marthe Richard ou les beaux mensonges
Nicolas D'Estienne d'Orves
P5209. Les Imprudents. Sur les traces des résistants du maquis Bir-Hakeim, *Olivier Bertrand*
P5210. Maudits mots. La fabrique des insultes racistes
Marie Treps
P5211. Les Mots du football, *Vincent Duluc*
P5212. En marge, *Silvia Baron Supervielle*
P5213. Le Cœur et la Chair, *Ambrose Parry*
P5214. Dernier Tacle, *Emmanuel Petit, Gilles Del Pappas*
P5215. Crime et Délice, *Jonathan Kellerman*
P5216. Le Sang noir des hommes, *Julien Suaudeau*
P5217. À l'ombre de l'eau, *Maïko Kato*
P5218. Vik, *Ragnar Jónasson*
P5219. Koba, *Robert Littell*
P5220. Le Dernier Thriller norvégien, *Luc Chomarat*
P5222. Steak machine, *Geoffrey Le Guilcher*
P5224. Petit Traité de bienveillance envers soi-même
Serge Marquis
P5225. Sex & Rage, *Eve Babitz*
P5226. Histoire de ma vie, *Henry Darger*
P5227. Hors-bord, *Renata Adler*
P5228. N'oublie pas de te souvenir, *Jean Contrucci*
P5229. Mur méditerranée, *Louis-Philippe Dalembert*
P5230. La Débâcle, *Romain Slocombe*
P5231. À crier dans les ruines, *Alexandra Koszelyk*
P5233. Nuit d'épine, *Christiane Taubira*
P5234. Les Fillettes, *Clarisse Gorokhoff*
P5235. Le Télégraphiste de Chopin, *Eric Faye*
P5236. La Terre invisible, *Hubert Mingarelli*
P5237. Une vue exceptionnelle, *Jean Mattern*
P5238. Louvre, *Josselin Guillois*
P5239. Les Petits de décembre, *Kaouther Adimi*
P5240. Les Yeux rouges, *Myriam Leroy*
P5241. Dévorer le ciel, *Paolo Giordano*
P5242. Amazonia, *Patrick Deville*
P5243. La Grande à bouche molle, *Philippe Jaenada*
P5244. L'Heure d'été, *Prune Antoine*
P5245. Pourquoi je déteste l'économie, *Robert Benchley*
P5246. Cora dans la spirale, *Vincent Message*
P5247. La Danse du roi, *Mohammed Dib*

P5248. Il était une fois dans l'Est, *Arpád Soltész*
P5249. La Tentation du pardon, *Donna Leon*
P5250. Ah, les braves gens !, *Franz Bartelt*
P5251. Crois-le !, *Patrice Guirao*
P5252. Lyao-Ly, *Patrice Guirao*
P5253. À sang perdu, *Rae DelBianco*
P5254. Mémoires vives, *Edward Snowden*
P5255. La Plus Belle Histoire de l'intelligence
Stanislas Dehaene, Yann Le Cun, Jacques Girardon
P5256. J'ai oublié, *Bulle Ogier, Anne Diatkine*
P5257. Endurance. L'incroyable voyage de Shackleton
Alfred Lansing
P5258. Le Cheval des Sforza, *Marco Malvaldi*
P5259. La Purge, *Arthur Nesnidal*
P5260. Eva, *Arturo Pérez-Reverte*
P5261. Alex Verus. Destinée, tome 1, *Benedict Jacka*
P5262. Alex Verus. Malediction, tome 2, *Benedict Jacka*
P5263. Alex Verus. Persécution, tome 3, *Benedict Jacka*
P5264. Neptune Avenue, *Bernard Comment*
P5265. Dernière Sommation, *David Dufresne*
P5266. Dans la maison de la liberté, *David Grossman*
P5267. Le Roman de Bolaño, *Gilles Marchand, Eric Bonnargent*
P5268. La Plus Précieuse des marchandises. Un conte
Jean-Claude Grumberg
P5269. L'avenir de la planète commence dans notre assiette
Jonathan Safran Foer
P5270. Le Maître des poupées, *Joyce Carol Oates*
P5271. Un livre de martyrs américains, *Joyce Carol Oates*
P5272. Passe-moi le champagne, j'ai un chat dans la gorge
Loïc Prigent
P5273. Invasion, *Luke Rhinehart*
P5274. L'Extase du selfie. Et autres gestes qui nous disent
Philippe Delerm
P5275. Archives des enfants perdus, *Valeria Luiselli*
P5276. Ida, *Hélène Bessette*
P5277. Une vie violente, *Pier Paolo Pasolini*
P5278. À cinq ans, je suis devenue terre-à-terre, *Jeanne Cherhal*
P5279. Encore plus de bonbons sur la langue. Le français
n'a jamais fini de vous surprendre !, *Muriel Gilbert*
P5280. L'Ivre de mots, *Stéphane de Groodt*
P5281. The Flame, *Leonard Cohen*
P5282. L'Artiste, *Antonin Varenne*
P5283. Les Roses de la nuit, *Arnaldur Indridason*
P5284. Le Diable et Sherlock Holmes, *David Grann*
P5285. Coups de vieux, *Dominique Forma*
P5286. L'Offrande grecque, *Philip Kerr*

P5287. Régression, *Fabrice Papillon*
P5288. Un autre jour, *Valentin Musso*
P5289. La Fabrique du crétin digital, *Michel Desmurget*
P5290. Le Grand Manipulateur. Les réseaux secrets de Macron *Marc Endeweld*
P5291. Vieillir ensemble. Un tour du monde des solutions qui rapprochent les générations *Clément Boxefeld, Julia Chourri*
P5292. La vie est une célébration, *Mata Amritanandamayi*
P5293. Les Plus Beaux Contes zen, *Henri Brunel*
P5295. L'Indomptée. La papesse Jeanne, *Donna Cross*
P5296. Au cœur de la violence, *Edouard Louis*
P5297. Querelle, *Kevin Lambert*
P5298. Ordesa, *Manuel Vilas*
P5299. Papa, *Régis Jauffret*
P5300. Un peu, beaucoup, passionnément, à la folie, pas du tout *Alice Munro*
P5301. Ainsi parlait ma mère, *Rachid Benzine*
P5302. Lake Success, *Gary Shteyngart*
P5303. L'Ombre d'un père, *Christoph Hein*
P5304. Nino dans la nuit, *Simon Johannin, Capucine Johannin*
P5305. Zébu Boy, *Aurélie Champagne*
P5306. Monsieur le Commandant, *Romain Slocombe*
P5307. Le Bureau des jours perdus et Autres Récits étranges *Eric Faye*
P5308. Habitant de nulle part, originaire de partout *Souleymane Diamanka*
P5309. Ces îles de plein sel et autres poèmes *Louis-Philippe Dalembert*
P5310. Hammett Détective, *Stéphanie Benson, Benjamin et Julien Guérif, Jérôme Leroy, Marcus Malte, Jean-Hugues Oppel, Benoît Séverac, Marc Villard, Tim Willocks*
P5311. L'Arbre aux fées, *B. Michael Radburn*
P5312. Le Coffre, *Jacky Schwartzmann, Lucian-Dragos Bogdan*
P5313. Le Manteau de neige, *Nicolas Leclerc*
P5314. L'Île au secret, *Ragnar Jónasson*
P5315. Sous les eaux noires, *Lori Roy*
P5316. La Chute du monstre. Marseille année zéro *Philippe Pujol*
P5317. Lesbos, la honte de l'Europe, *Jean Ziegler*
P5318. Algérie. La nouvelle indépendance, *Jean-Pierre Filiu*
P5319. L'Effet maternel, *Virginie Linhart*
P5320. L'Amour, le rôle de notre vie. Rééduquer les cœurs *Sarah Serievic*
P5321. Comme au cinéma, *Fiona Kidman*
P5322. La Déesse des mouches à feu, *Geneviève Pettersen*

P5323. Dé mem brer, *Joyce Carol Oates*
P5324. Conversations entre amis, *Sally Rooney*
P5325. Tous les hommes n'habitent pas le monde de la même façon, *Jean-Paul Dubois*
P5326. La Leçon de ténèbres, *Léonor de Récondo*
P5327. Disparaître, *Mathieu Menegaux*
P5328. Le Cercle des hommes, *Pascal Manoukian*
P5329. Il y a un seul amour, *Santiago H. Amigorena*
P5330. Solénoïde, *Mircea Cărtărescu*
P5331. « La vraie vie est absente ». Et autres fragments rimbaldiens. *Suivi du* Dictionnaire homo-érotique *Arthur Rimbaud, Frédéric Martel*
P5332. Un participe qui ne passe pas, *Bernard Cerquiglini*
P5333. La Monnaie des songes et autres recueils *Marie-Christine Gordien*
P5334. Une jupe trop courte. Récits de la cuisine, *Sofi Oksanen*
P5335. L'Homme aux murmures, *Alex North*
P5336. Jeux de dames, *André Buffard*
P5337. Les Fantômes de Reykjavik, *Arnaldur Indridason*
P5338. La Défaite des idoles, *Benjamin Dierstein*
P5339. Les Ombres de la toile, *Christopher Brookmyre*
P5340. Dry Bones, *Craig Johnson*
P5341. Une femme de rêve, *Dominique Sylvain*
P5342. Les Oubliés de Londres, *Eva Dolan*
P5343. Chinatown Beat, *Henry Chang*
P5344. Sang chaud, *Kim Un-Su*
P5345. Si tu nous regardes, *Patrice Guirao*
P5346. Tu vois !, *Patrice Guirao*
P5347. Du sang sur l'asphalte, *Sara Gran*
P5348. Cool Killer, *Sébastien Dourver*
P5349. City of Windows, *Robert Pobi*
P5350. L'Avenir des simples, *Jean Rouaud*
P5351. La Solitude de François, *Marco Politi*
P5352. Jenny Bel'Air, une créature, *François Jonquet*
P5353. Sororité, *Chloé Delaume, Collectif*
P5354. Le Regard féminin. Une révolution à l'écran, *Iris Brey*
P5355. Le Sexe selon Maïa. Au-delà des idées reçues *Maïa Mazaurette*
P5356. Testo Junkie. Sexe, drogue et biopolitique *Paul B. Preciado*
P5357. Heureux et Grincheux. 108 conseils d'un moine bouddhiste pour profiter de la vie, *Ajahn Brahm*
P5358. Voyage sans cartes, *Graham Greene*
P5359. La Folle Équipée, *Patrice Franceschi*
P5360. Là où chantent les écrevisses, *Delia Owens*
P5361. La Redoutable Veuve Mozart, *Isabelle Duquesnoy*

P5362. Les Trois Filles du Capitán, *Maria Duenas*
P5363. L'America, *Michel Moutot*
P5364. Cités à la dérive, I. Le cercle, *Stratis Tsirkas*
P5365. Cités à la dérive, II. Ariane, *Stratis Tsirkas*
P5366. Cités à la dérive, III. La chauve-souris, *Stratis Tsirkas*
P5367. Alta Rocca, *Philippe Pujol*
P5368. Café Vivre. Chroniques en passant, *Chantal Thomas*
P5369. Victor Kessler n'a pas tout dit, *Cathy Bonidan*
P5370. Projet Starpoint, tome 2, *Marie-Lorna Vaconsin*
P5372. Retour de service, *John le Carré*
P5373. Coupable de tout, *Herbert Huncke*
P5374. La Vie vagabonde, *Lawrence Ferlinghetti*
P5375. De l'urgent, du presque rien et du rien du tout *Olivier de Kersauson*
P5376. Nous ne trahirons pas le poème. Et autres recueils *Rodney Saint-Éloi*
P5377. Le Chant du collectionneur de pierres. Et autres recueils *Sjón*
P5378. Angkar, *Christian Blanchard*
P5379. Que tombe le silence, *Christophe Guillaumot*
P5380. Nuuk, *Mo Malø*
P5381. Or, encens et poussière, *Valerio Varesi*
P5382. Le Goût du rouge à lèvres de ma mère, *Gabrielle Massat*
P5383. Richesse oblige, *Hannelore Cayre*
P5384. Breakdown, *Jonathan Kellerman*
P5385. Mauvaise graine, *Nicolas Jaillet*
P5386. Le Séminaire des assassins, *Petros Markaris*
P5387. Y. La Trilogie de K, *Serge Quadruppani*
P5388. Norlande, *Jérôme Leroy*
P5389. Trahison, *Lilja Sigurdardóttir*
P5390. Noire n'est pas mon métier, *Collectif*
P5391. Lady Lucille, *Gilles Lhote*
P5392. Le Journal de Frank Berton, *Elsa Vigoureux*
P5393. Harry et Meghan, libres *Caroline Durand, Omid Scobie*
P5394. Chroniques de l'homme d'avant, *Philippe Lançon*
P5395. Tomber amoureux de ce qui est, *Jeff Foster*
P5396. Amelia. Le fascinant destin de la plus grande aviatrice du monde, *Bernard Marck*
P5397. Un art de parcourir le monde. Paris - Hong Kong à vélo. 11 155 km, 371 jours, 23 pays, *Florian Coupé*
P5398. Les Aventurières du ciel, *Katell Faria*
P5399. Un promeneur solitaire dans la foule *Antonio Muñoz Molina*
P5400. Le Hêtre et le Bouleau, *Camille de Toledo*
P5401. Oublier, trahir puis disparaître, *Camille de Toledo*

P5402. Le Cœur synthétique, *Chloé Delaume*
P5403. Incident au fond de la galaxie, *Etgar Keret*
P5404. Par les écrans du monde, *Fanny Taillandier*
P5405. Un crime sans importance, *Irène Frain*
P5406. Retour à Ithaque, *Leonardo Padura*
P5407. Les Lionnes, *Lucy Ellemann*
P5408. Ce que nous avons perdu dans le feu, *Mariana Enriquez*
P5409. La Trajectoire des confettis, *Marie-Ève Thuot*
P5410. Le Temps gagné, *Raphaël Enthoven*
P5411. Personne ne sort les fusils, *Sandra Lucbert*
P5412. Saturne, *Sarah Chiche*
P5413. Des jours sauvages, *Xabi Molia*
P5414. Avant les diamants, *Dominique Maisons*
P5415. Je parle comme je suis. Ce que nos mots disent de nous *Julie Neveux*
P5416. Le Désir que j'ai, *Alain Veinstein*
P5417. Juste après la pluie, *Thomas Vinau*
P5418. Le Bal des porcs, *Arpád Soltész*
P5419. Après le jour, *Christophe Molmy*
P5420. Quand un fils nous est donné, *Donna Leon*
P5421. Sigló, *Ragnar Jónasson*
P5422. La Gestapo Sadorski, *Romain Slocombe*
P5423. Slow Démocratie. Comment maîtriser la mondialisation et reprendre notre destin en main, *David Djaiz*
P5424. Qui veut risquer sa vie la sauvera. Mémoires *Jean-Pierre Chevènement*
P5425. Un temps troublé, *Lionel Jospin*
P5426. Le Désastre de l'école numérique. Plaidoyer pour une école sans écrans, *Philippe Bihouix, Karine Mauvilly*
P5427. Rumeurs d'Amérique, *Alain Mabanckou*
P5428. 209 rue Saint-Maur, Paris X^e^. Autobiographie d'un immeuble, *Ruth Zylberman*
P5429. Alpinistes de Staline, *Cédric Gras*
P5430. Le Massacre des Indiens, *Lucien Bodard*
P5431. Son Corps et Autres Célébrations *Carmen Maria Machado*
P5432. L'Autre Rimbaud, *David Le Bailly*
P5433. Dehors, la tempête. La vie dans les livres *Clémentine Mélois*
P5434. Rachel et les Siens, *Metin Arditi*
P5435. Mon Père et ma Mère, *Aharon Appelfeld*
P5436. Fun Home. Une tragicomédie familiale, *Alison Bechdel*
P5437. C'est toi ma Maman ? : un drame comique *Alison Bechdel*
P5438. Complicités animales : 70 histoires vraies, *Anny Duperey, Jean-Philippe Noël*

P5439. Sabotage, *Arturo Pérez-Reverte*
P5440. Chaud brûlant, *Bill Buford*
P5441. Une bête aux aguets, *Florence Seyvos*
P5442. La vie joue avec moi, *David Grossman*
P5443. Sous l'eau, *Deborah Levy*
P5444. Femme à la fenêtre, *Joyce Carol Oates*
P5445. Ma vie de cafard, *Joyce Carol Oates*
P5446. Les Calendriers, *Robert Cottard*
P5447. Et tournera la roue, *Selahattin Demirtas*
P5448. San Michele : récit, *Thierry Clermont*
P5449. Cet amour-là, *Yann Andréa*
P5450. Je voudrais parler de Duras. Entretien *avec Michèle Manceaux, Yann Andréa*
P5451. À mains nues, *Amandine Dhée*
P5452. L'Esprit de la science-fiction *suivi de* Les Déboires du vrai policier, *Roberto Bolaño*
P5453. La Littérature nazie en Amérique, *Roberto Bolaño*
P5454. Étoile distante, *Roberto Bolaño*
P5455. Monsieur Pain, *Roberto Bolaño*
P5456. Des putains meurtrières, *Roberto Bolaño*
P5514. Anne d'Avonlea, *Lucy Maud Montgomery*
P5517. Le Chameau sauvage, *Philippe Jaenada*
P5518. Le Tailleur de Relizane, *Olivia Elkaim*
P5519. Mon Maroc, *Abdellah Taïa*
P5520. Annette, une épopée, *Anne Weber*
P5521. L'Inquiétude d'être au monde, *Camille de Toledo*
P5522. Certainement pas, *Chloé Delaume*
P5523. La Brûlure, *Christophe Bataille*
P5524. Mauvaises Herbes, *Dima Abdallah*
P5525. Combats et Métamorphoses d'une femme, *Edouard Louis*
P5526. Trois Jours dans la vie d'un yakuza, *Hideo Okuda*
P5527. La Folie de ma mère, *Isabelle Flaten*
P5528. Poursuite, *Joyce Carol Oates*
P5529. Connexion, *Kae Tempest*
P5530. La fille qui avait bu la lune, *Kelly Barnhill*
P5531. Je ne répondrai plus jamais de rien, *Linda Lê*
P5532. La Vie en relief, *Philippe Delerm*
P5533. Le Dernier Bain de Gustave Flaubert, *Régis Jauffret*
P5534. Le Voleur d'amour, *Richard Malka*
P5535. Café Panique *suivi de* Taxi Stories, *Roland Topor*
P5536. L'Ami, *Tiffany Tavernier*
P5537. Patagonie dernier refuge, *Christian Garcin, Eric Faye*
P5538. Vers le pôle, *Fridtjof Nansen*
P5539. Emmanuel le hardi, *Alain Duhamel*
P5540. Leur Progrès et le Nôtre, *François Ruffin*
P5541. Magasin pittoresque de la littérature française *Jean-Loup Chiflet*

P5542. Anthologie de la poésie palestinienne d'aujourd'hui, *Abdellatif Laâbi, Rajaa Ghanim, Ashraf al-Zaghl, Anas Alaili, Joumana Mustafa, Najwan Darwish, Mazen Maarouf, Rola Sirhan, Hala Chrouf, Ghayath al-Madhoun Marwan Makhoul, Khalid Suleïman al-Naciri, Ashraf Fayad, Maya Abu al-Hayyat*
P5543. Dans la splendeur de la nuit, *Dany Laferrière*
P5544. Le destin va ramener les étés sombres. Anthologie *Etel Adnan, Hans Ulrich Obrist*
P5545. Vous êtes de moins en moins réels. Anthologie 2014 - 2021, *Laura Vazquez*
P5546. Dernier Tour lancé, *Antonin Varenne*
P5547. La Pierre du remords, *Arnaldur Indridason*
P5548. L'Ange déchu, *Chris Brookmyre*
P5549. Seul avec la nuit, *Christian Blanchard*
P5550. Une évidence trompeuse, *Craig Johnson*
P5551. Marseille 73, *Dominique Manotti*
P5552. Elma, *Eva Björg Ægisdóttir*
P5553. L'Ange rouge, *François Médéline*
P5554. Terminus Leipzig, *Jérôme Leroy, Max Annas*
P5555. Carnets d'enquête d'un beau gosse nécromant *Jung Jaehan*
P5556. La Bête en cage, *Nicolas Leclerc*
P5557. Les Chiens de Pasvik, *Olivier Truc*
P5558. Xavier Dupont de Ligonnès. La grande enquête *Pierre Boisson, Maxime Chamoux, Sylvain Gouverneur, Thibault Raisse*
P5559. L'Inconnu de la poste, *Florence Aubenas*
P5560. Le bonheur ça se pratique, *Anne Ducrocq*
P5561. Prendre soin de l'âme. La psychothérapeute qui est devenue chamane, *Myriam Beaugendre*
P5562. Apprendre à s'écouter. Comment trouver la paix dans le bruit du monde, *Prem Rawat*
P5563. La Nef des fous, *Katherine Anne Porter*
P5564. L'Apiculteur d'Alep, *Christy Lefteri*
P5565. L'Enfant des tempêtes, *Mélanie Guyard*
P5566. Carole & Clark, *Vincent Duluc*
P5567. Le Vallon des lucioles, *Isla Morley*
P5568. L'homme qui peignait les âmes, *Metin Arditi*
P5569. Le Printemps des maudits, *Jean Contrucci*
P5570. La Forêt aux violons, *Cyril Gely*
P5571. Paris fantasme, *Lydia Flem*
P5572. Qu'à jamais j'oublie, *Valentin Musso*
P5573. Trio, *William Boyd*
P5574. Slade House, *David Mitchell*
P5575. Normal People, *Sally Rooney*

P5576. Au pays des mensonges, *Edgar Keret*
P5577. Le mont Blanc n'est pas en France, *Olivier Marchon*
P5578. J'étais un autre et vous ne le saviez pas, *Olivier Mas*
P5579. Que votre moustache pousse comme la broussaille *suivi de* Quand le pou éternuera, *Muriel Gilbert*
P5580. La Maison du commandant, *Valério Varesi*
P5581. Serial Bomber, *Robert Pobi*
P5582. L'Art de mourir, *Ambrose Parry*
P5583. Un flic bien trop honnête, *Franz Bartelt*
P5584. Le Second Disciple, *Kenan Görgün*
P5585. Maldonnes, *Serge Quadruppani*
P5586. L'Ami des ombres, *Alex North*
P5587. Resurrection Bay, *Emma Viskic*
P5588. En eaux dangereuses, *Donna Leon*
P5589. Disparaître / Dans la nature, *Evan Ratliff*
P5590. Trente Grammes, *Gabrielle Massat*
P5591. Heartbreak Hotel, *Jonathan Kellerman*
P5592. Mort aux hypocrites, *Petros Markaris*
P5593. Koba, *Robert Littell*
P5594. La Famille, *Suzanne Privat*
P5595. Un roman mexicain : l'affaire Florence Cassez *Jorge Volpi*
P5596. Ressac, *Diglee*
P5597. Amours inconditionnelles, *Blanche de Richemont*
P5598. Crise d'asthme, *Edgar Keret*
P5599. Le Bois de la nuit, *Djuna Barnes*
P5600. Les Plus Belles Histoires de l'escroquerie *Christian Chavagneux*
P5601. Fatal Baby, *Nicolas Jaillet*
P5602. Femmes d'aventure, *Priscilla Telmon, Daphné Buiron Justine Muzik, Aurore Asso, Katell Faria, Mélusine Mallender, Catherine maunoury, Isabelle Autissier*
P5603. Manuel de dressage *suivi de* Truite de fond *Percival Everett, Anne-Laure Tissut*
P5710. Moi les hommes je les déteste, *Pauline Harmange*
P5711. Présentes, *Lauren Bastide*
P5712. Seins. En quête d'une libération, *Camille Froidevaux-Metterie*
P5713. Actions scandaleuses et Rébellions quotidiennes *Gloria Steinem*
P5807. Mémoires, *Marguerite de Valois, Éliane Viennot*
P5808. Giphantie, *Charles Tiphaigne, Yves Citton*
P5809. Les Confessions, *Jean-Jacques Rousseau, Hélène L'Heuillet*
P5810. Mes Amis, *Emmanuel Bove, Eric Chauvier*